我上高原

高文瑞 著 摄影

U0913687

金城出版社
GOLD WALL PRESS

图书在版编目（CIP）数据

我上高原 / 高文瑞著 . —北京：金城出版社，2017.8

ISBN 978-7-5155-1492-5

Ⅰ. ①我… Ⅱ. ①高… Ⅲ. ①游记—作品集—中国—当代 Ⅳ. ① I267.4

中国版本图书馆 CIP 数据核字（2017）第 150947 号

本作品一切权利归 **金城出版社** 所有，未经合法授权，严禁任何方式使用。

我上高原

作　　者	高文瑞
责任编辑	王秋月
开　　本	787 毫米 ×1092 毫米　1/16
印　　张	16
字　　数	120 千字
版　　次	2017 年 8 月第 1 版　2017 年 8 月第 1 次印刷
印　　刷	三河市腾飞印务有限公司
书　　号	ISBN 978-7-5155-1492-5
定　　价	49.80 元

出版发行	**金城出版社** 北京市朝阳区利泽东二路 3 号　邮编：100102
发 行 部	(010)64220043
编 辑 部	(010)64210080
总 编 室	(010)64228516
网　　址	http：//www.jccb.com.cn
电子邮箱	jinchengchuban@163.com
法律顾问	陈鹰律师事务所　(010)64970501

目录

一辑 我上高原

二辑 我在平原

三辑 我下南洋

四辑 我向欧陆

一辑　我上高原

文成公主庙

唐蕃古道

日月山多有文成公主传说，我更愿意相信思乡。

去日月山在 20 年前，3500 米海拔并没放在心上。西宁小住那几天，偶发一事。那年正有西北 5 省文艺汇演，节目挺好，吃完晚饭去了剧场。出门，掉了雨点儿，没在意，没加衣服，路上略感到了凉，便觉感冒，以后的时日一直头疼，到日月山也没减轻，只几十级台阶，喘着粗气才爬上日亭。

重登日月山，变化很大，日亭月亭修葺一新。石阶盘曲而上，加上了石栏，与景观融为一体。山脚有日月山碑和修建青藏公路的青石碑。再向坡下看，立有回望石。山下平坦处建起殿堂，还留有旧建筑的遗址，那就是文成公主庙。广场上耸立文成公主像，汉白玉雕。

这次没登日亭，没觉感冒，还有些头疼。我知道，这是高原反应，也想在亭下多走走，或许能踏上古人的足迹。文成公主是否也曾站在这里，她不会欣赏绿草如茵的美丽高原，而是那道道山梁遮住了长安宫闱的繁华。向前看，西边一片苍凉，今后的生存环境如何，命运如何……一切未卜。

日亭台阶上多了生意人。向上走了几步，还是喘与疼。那时文成公主身体健康如何，几个月的长途跋涉，一路艰难险阻，有无水土不服，或略有微恙？高原之上，小有不适也会放大几倍。即使年轻，身体反应不强烈，年方二八，倘在今日，高中尚没毕业，千里迢迢，当此和亲重任，心理问题如何解决？

随手可得的便是睹物思人。临行前，父皇唐太宗赐给了日月宝镜。日镜中可以看到爷爷、叔叔和兄弟；月镜中可以看到伯母、母亲、婶婶和姐妹。没想到，宝镜被偷偷换了石头镜，不用说亲人，就连自己的面容也照不见。文成公主极度失望，把石镜抛于山下。她是否就是站在回望石前，扔在了那片广场上？

石镜触地，一只黑色的大鸟从碎片中腾空飞去，又一只白色的兔子向着山顶的白云深处跑去。原来是金乌和玉兔，日精和月精永住。此后，赤岭改名为日月山。看着两座山顶上的日亭和月亭，脚步又增加了几分沉重。有谁想过唐朝宗室的少女，远嫁吐蕃时的感受，困惑？沉重？苍凉？悲怆？《红楼梦》中的探春在贾氏姐妹中结局最好，远嫁他乡时还是泣不成声，而文成公主的路途更为遥远，且多了高原不适。

此时的文成公主定处于极度痛苦中，远在荒原，举目无亲，不禁失声痛哭，泪水惊动了河神。妩媚的女神为之感动，原本东流的小河也要陪伴公主西去。天亮了，奇迹出现，公主面前的小河，真的改变了流向，随公主而行，成了倒淌河。站在山上向远处望，那条小河哗哗作响，仿佛传唱着那首动人的民歌：倒淌河啊，女人的河，仪态纤纤勇气多。春夏细水涓涓流，入秋阴雨起浊波。河神当年义气高，掉头西去随皇娥。劝君莫嫌流量小，河水倒淌有几条？

故事感人至深，更符合女孩子行为举止。人在唐蕃、农牧、内流外流、黄土与青藏高原的分界线上，心理控制也到了极限，“西出阳关无故人”……

转机出现。松赞干布率兵，自逻些就是现在的拉萨远道而来，迎娶文成公主。这位“性骁武，多英略”的吐蕃王相见伊始，李道宗以皇叔身份

转经女

主持婚礼。史载："贞观十五年，太宗以文成公主妻之，令礼部尚书、江夏郡王道宗主婚，持节送公主于吐蕃。弄赞率其部兵次柏海，亲迎于河源。见道宗，执子婿之礼甚恭。"婚后，松赞干布与文成公主继续前行，向着拉萨。

这以后没了思乡传说。我想，文成公主见到这位25岁的小伙子，英俊潇洒，精明强干，威震四方，一定赢得了芳心。她没有了担心，没有了未知，虽然前行的路途更遥远，更艰辛，也愿意与君同行。

向南，海拔更高，穿越巴颜喀拉山，那里的海拔5000多米。山顶一片深褐色，寸草不生，或有峰顶覆盖着皑皑白雪，山势峻峭，惊险不已。山壑间，偶见如丝般的细线，那是否就是唐蕃古道，在云雾的遮掩下，仿佛看到了蜿蜒蠕动的长队，车轮滚滚，浩浩荡荡，华盖如云，旌旗蔽日，大批的卫队、侍女、工匠、艺人在行走，行囊中带着大量绸缎、典籍、医书、粮食等嫁妆，给吐蕃社会、经济、文化、科学带来深刻影响。

翻过高山，巨型长队辗转来到玉树。这里山清水秀，气候宜人，以致过去千年，优美依旧。水草丰美，供养出羊的

翻越巴颜喀拉山

玉树结古镇远望

美味，当地人引以为傲，编出俗语：“吃的是冬虫夏草，喝的是矿泉水，拉的是六味地黄丸，尿的是太太口服液。”文成公主的心安了。最艰险的路段已经翻越，此地离拉萨不远，可以住下来，休养生息。扎曲河、巴曲河清澈见底，长流不息，正可帮助当地藏民垦田种植，发展生产。

距玉树结古镇十几公里，有山称贝纳沟。文成公主笃信佛教，命工匠在山间岩壁上，雕刻出 9 尊浮雕佛像，中间一座高 7.3 米，端庄慈祥，栩栩如生，坐于狮子莲花座上，这就是大日如来佛像。身后有普贤、文殊、金刚手、除盖障、虚空藏、观世音、弥勒、地藏等菩萨，上下两层，分立左右，每尊佛像高 3 米。佛像外依崖建起庙宇，金色的瓦顶，红色的围墙，掩映在葱翠的苍松之间，壮丽非凡。文成公主庙，坐北朝南，设计巧妙，形制讲究，门外清清溪流，浑然天成，令人赞叹。庙四周悬崖和面积较大的石头上刻着数不清的藏经，山间飘动着经幡，这是对佛的敬仰，也是传递出文成公主为藏民的祈福。

我不相信宫闱中长大的文成公主懂农桑、会医术，她所率领的团队不乏这样的专家。而她本人的服饰装束，一行人的生活习俗，代表了大唐帝国的文明。松赞干布印象极深，颇为感叹：“大国服饰礼仪之美，俯仰有愧沮之色。”华丽的服饰，优美的仪态，高贵的气质，英雄美女可谓一见钟情。二人感情渐为笃厚，也带来了吐蕃习俗的改变，毡裘换成纨绮。

忽想起湟源县出美女的传说。据说当年此地男子娶不到媳妇。文成公主行至此地，让随行的侍女下嫁，繁衍出后代。我没去刻意验证，却对康巴汉子早有所闻，及至见到，让人震撼：大眼睛，双眼皮，唇边线条分明，身体结实强壮。这是否也有唐朝人的体态，连魁梧的德国人也认同他们的基因。

唐与蕃难分了，以致松赞干布去世，年仅 25 岁的文成公主并没返回古道，而是伴着布达拉宫，度过了一生。

力量 ■

长头，五体投地，心生敬畏。

那是去纳木错的路上，正值初冬，草木枯黄，雪将封路。荒原路边，正有一位老妪迎面走过，独自一人，边叩边行，动作那样恭敬规范。她的目的是何处？这样的速度何时到达？前方并无大的寺院，或许是拉萨，著名的大昭寺，向着心灵的归宿。无论哪里，这里距最近的县乡村子，路途也非常遥远。

最近又去塔尔寺。寺内气场似乎大了许多，与20年前不同。那时寺内清静，8座塔前要等些时间，才有人经过。现在这里已辟成广场，游人如织，也有藏民在塔前叩着长头，有的绕塔行走，每经过一个栏杆柱，双手轻搂，额头轻叩柱端。

小金瓦殿又名护法神殿，院内森然许多，树木比以前更为茂密，高高耸出院墙，郁郁葱葱。游人众多，需排队进入。院内有石碑，铁栅上涂着酥油，贴满钱币祈福。不觉随众拿出，轻轻贴上。

大经堂宽敞，是喇嘛诵经说法处。吸引人的是墙上的壁画，艺术性高，色彩丰富，用的颜料是真材，红有珊瑚、绿有松石、黄有玛瑙等。堆绣更是精彩，做出的人物，眼睛用的是黑珍珠和白象牙，珍贵，逼真。让人震撼的是酥油花，手工捏制。酥油易融，要在冬天制作，手温也高，要放在凉水盆里浸冷。大经堂后面供置着酥油花，有大朵的牡丹等造型。已是夏天，大经堂虽然凉爽，花朵还是略有凋泄，能够看到，已很庆幸。凑得近前，仔细观赏，酥油的芳香让人陶醉，酥油的滋润让花朵艳丽，花瓣精致得令人心灵震颤，仿佛感到手的冰冷，血的火热，心的虔诚。

宗喀巴大师创立了黄教，为藏传佛教格鲁派，深得信徒崇敬，影响深远。大金瓦殿还是那样神圣，宗喀巴大师的微笑还是那样慈祥，精心维护，光彩照人。12.5 米高的大银塔上，缠裹着数不清的白色哈达，代表了朝圣者的心愿。明朝就对寺内上层宗教人物多次封授名号，清康熙皇帝赐有“净上津梁”匾额，乾隆皇帝赐“梵宗寺”称号，并为大金瓦殿赐“梵教法幢”匾额。

塔尔寺扩大了不少，山坡上建筑相依。寺坐落于莲花山坳中，又名塔儿寺，得名于殿内之塔，先有塔而后有寺，藏语称为“衮本贤巴林”，意思是“十万狮子吼佛像的弥勒寺”。一代宗师宗喀巴诞生在这里。据说，塔内宗喀巴大师肚脐滴血而生的那棵菩提树，依然生长着，殿外的菩提树便是古老枝丫的衍生。

殿堂走廊排着叩首者，自备铺垫。直立，面向佛塔，双手合十，先放额头，再放鼻尖，再放胸前，匍匐于地，双手摊开向上，头叩地，起立，一遍遍重复。这是每个叩长头者皆有的动作。此间看到一位年轻女子，动作还不熟练，低头站起来时还有些晃动，依旧重复着每一个动作。她也许是初次许愿，一次可能要叩十万个，需用几个月的时间才能完成。廊上木地板已磨出深深的沟痕。

青藏高原多有叩长头者，或在寺院或在朝圣之途，向着心中的目的前

塔尔寺

塔尔寺

塔尔寺前白塔

塔尔寺殿堂宏伟

行，不知那位荒原路旁的老妪是否到达了目的地，还是又在途中。据说，长途叩首者人生如有不测，后人也要拔下他的一颗牙齿，送到他要去的寺院，帮助完成心愿。他们是拼尽一生，倾其所有，为了心中的佛祖，求得转世来生，完成生与死的转化，如蛹化蝶，凤凰涅槃，内心纯净而充实。这是信仰。

人有了信仰，便有了无穷的力量。

▪ 我上高原

体验高原

去西藏，提前几天吃了红景天，预防高原反应。本来沾枕头就着，弄得迟迟不能入睡，在机场，与同行说起，大家笑了："氧气超量，证明身体好。"

好身体不容易适应，此话有理。之前听说一位朋友心脏肥大，心血管系统也不好，到了西藏没事，照样抽烟喝酒，有人戏称："上飞机前别人搀他，下飞机后他搀别人。"看来，人都会有高原反应，轻重有别，除非之前有毛病。

临行前，本想锻炼一下，强壮强壮，没想过力着凉，略感风寒，有几分担心，使劲吃药。因知道高原感冒的厉害，可放大好几倍，且能引发多种疾病。以前，自己就有体会，在海拔2000多米的青海，晚上外出，突降小雨，没在意，着了点儿凉，从此便一路头痛，怎么也不行，直到下山才好。

应对高原反应，有充足心理准备。十几年前就编发过登山要注意的文章，采访过国家登山队老领导曾曙生。之前常与在西藏多年的老作家谈过高原反应，早知道在高原应该少说慢走多休息，有几天就能适应过来，过分吸氧吃药，形成依赖，反而不利于自身调节。

尽管这样，还是体验到了高原反应的全过程。飞到拉萨，最先感到憋气，做深呼吸，还是觉得氧气不够。接下来就是头晕头痛，动作迟缓，不愿多说话，且想不起说什么。晚上主人盛情招待，请来几位当地歌手。歌声优美，情意切切，心有所动，也想回馈一曲，表达对西藏的赞美之情。藏族歌曲那么多，不会新词还记不住老曲儿，半天就是没想起歌名。主人解脱说，我们到县里开会，有时也说错县名，且有错不改。

之后便感到脖梗子发粗发硬，口干，鼻子里带血痂，血管和身体好像都在胀，脸也发胖。眼睛好像往外突，视力也在变，本来花眼，站在街上，

向往高原

远处商店名称也看不真切了。整体机能、细微部分都在发生变化，连小解也觉得气压不够，压力不足。方便食品口袋都胀得鼓鼓的，何况人呢！

来前有朋友告诫说要少吃，减少氧气消耗。初到这里，不是控制饮食，而是吃不下。食物好像不着四壁，悬在胃里，不往下走，偶尔下去也没消化。到了海拔 4800 米的定日，更是觉得食物在胃中浮着。住的房间在二楼，没有电梯，刚走上去，一口就吐出来。之前没有感觉，也没觉恶心，这是怎么了。慢慢体会，无大碍，心里痛快了，不多消化也许是人体本能。

问过来这里生活了十几年的人，每次进藏都会有高原反应，适应仍需几天，有时要十几天。这些现象并不特殊，或多或少都会有些。

这里的天气预报比央视多了一项，那几天的氧含量在 65%。据说夏天高些在 80%，冬天能到 50%。空气中的氧含量低，却少有杂质，保证纯正，尽可大口吸气。

人体有调节能力，早晚能适应，而失水率高，口鼻发干，却不是短时间内能调整的。体验了一把高原反应，看来还好。

高原小姑娘

辉煌珠峰

到了拉孜，已是中午，天空飘起雪花。找个小饭馆坐下。司机师傅说："如果运气好，路上能看到珠峰。"看着窗外，多了一分企盼。

继续前行，雪下大了，雨刮不停晃动。

司机师傅说："看来这一带都在下，如果再大，明天无法去珠峰了。"

心中有了一分沉重……

出了县城，走向高原。天气瞬息万变，风力极大，雪竟停了，车也停了。天还阴着，两座大山之间，不断漂浮的云雾之后，隐约看到一座白色山峰被遮来挡去，那就是珠峰。

真不知明天的运气。

住在定日。第二天一早，天还漆黑就上了路。不知起得早还是高原反应，昏昏欲睡。隐约过了两个边防检查站，又开了一段时间，车子停下来，到了观景台。此时，天地边现出曙色。周围是连绵的雪山。远处横排着几座高出的山峰，其中一座就是珠穆朗玛。山都是有形状的，见形知名，不会搞错。从北向南望去，与近处的山合在一起，呈三角形，珠峰就是辉煌的峰巅。

天色渐亮，一缕阳光从地平线率先投向珠峰，峰顶抹上一点橘红。远处飘来一片云，连忙按下相机快门。翻看效果，近处山坡上的雪灰白，中景山坳灰黑，唯独远处峰顶橘红，真是美妙。背景天空紫青，那一片云是黑色，暗想，早霞应有色彩，若是彩霞就太完美了。再一想，黑也是色彩，且高贵，也许此时神女喜欢的就是这条丝巾，不会夺色。

不一会儿，几座山峰都变得橘红、金黄，连成一片辉煌，蔚为大观。

天已大亮，奔向大本营，离珠峰近些再近些。

世界屋脊

神女珠峰

路面没用柏油，由山上的碎石铺就，这样环保、耐用，因而略有颠簸。司机是中年人，路很熟，有经验，车速也快。通往大本营要翻过几座高山，路不断起伏。就在下坡时，车忽然驶出公路，开向荒坡，全是山石，颠簸不平，只是偶尔略有土时，才能看出辙迹。大家惊奇。司机说："这是一条近路，可以减少 10 公里的路程。"哪里看得出路，大家为他的稔熟而赞叹。

时间不长，到了大本营，这是山坡上仅有的一小块狭长平地。大本营应有几个，这是最近的。路上横着一杆，还要检查。帐篷里出来个人，验明每个人身份。大本营平时就是几座帐篷，里面常年住着几个人，做着安检工作。

珠峰改变了形象，不像远距离打量，线条那样秀丽，此时又多了几分雄伟，体魄也如金字塔般显得宽广。山峰布满白雪，很少有山石裸露。离峰顶还有 3000 米，如果上面有登山者，不知能否看到身影。还是在 40 多年前听说过，在银屏上见到时，激动不已。有多少人为了她，从世界各地来到这里；又有多少人为她而献出了生命。人们从征服、对话、交流走向了相融，认识自然的境界发生了变化。

爬过不少大山，随国家登山队在野外攀过岩，而珠穆朗玛终究是世界最高的山峰，当地人称为女神。今天来到她的脚下，仰视面容，难以置信。几年前读过一篇文章，是写登珠峰的故事，并应约写了评介，题目叫《用生命拯救生命》。曾说过："与女神的对话就是与生命的对话，就是对生命极限的考验。"居然那样有缘，也来到了文章故事的发生地。

不再爬了，海拔高度到此为止，还是感受这里的一切吧。可能昨天刚下过雪，山边一片洁白，就在这雪层下面，居然流动着溪水。看着清澈灵动的小溪，穿越冰层，心有所动，仿佛穿过心灵，带来一股清凉与清纯，洁净而宁静。

不是攀登期，也没有活动，就在最平常的时节，游人时而有之，奔的就是世界之最，有人称为世界第三极。几个外国人极感兴趣，边看边拍照。他们很兴奋，在距离很远的地方下了车，步行到大本营，尽管平路，毕竟也是 5000 多米，动一动都极消耗体力。外国人讲究探险，看来身体还好，不知是冷还是高原反应所致，从怀中掏出一小瓶白酒，相互"吹"起来。

顺原路返回。走到那片山地时，司机又拐出公路。车上有会开车的，不禁捏了把汗：那段路来时下坡，回去可是上坡呀，尽管越野车，性能好，可这里是高原。人们在车里不停摇晃。除去司机，谁也看不清路在哪里，也可能这一片都是路。眼前是一个陡坡，车爬不上去，停下来。司机让都下去，试试空车。

爬山吧。这点儿小坡却费了全身的力气。刚走几步就喘不过气来。此时才想起运动员攀登珠峰的那些镜头，喘着粗气，举步维艰。而心里

高原风光

珠峰大本营

又想，坡不高，只有十来米，平时几步就能上去，就在攀登时，一切突然中断了……

睁开眼，趴伏在珠峰上，闻到了山体的气味儿。怎么倒下的？绊倒摔倒跌倒撂倒卧倒趴倒伏倒，怎么也想不起来，一片空白。脸上手上身上都是黄土。有了思维，可能是瞬间缺氧，时间不会长，周围人还在爬坡，汽车也在坡下做着努力。手脚并用爬上了山坡，坐在石头上，深喘着气。

回想那一片“真空”，显得格外纯净。这算对话吗？没那种感觉或是资格，恐怕算是交流或相融，是与珠峰的亲密接触，能在这里爬坡，虽只几步，也是人生的特殊经历，是挑战生命的极限。

此后往山下走，连绵的雪山，洁净的蓝天，变幻的白云，更觉透亮无比。珠穆朗玛尚未领略险峻，已感到风光无限，而能与女神对话，甚或到达极致之人会另有一番收获，在大自然赐予的瞬间，生命中定会有所感所得所悟甚至升华，抑或轰毁也会在涅槃后进入新的境界，这是众多勇敢者不惜生命所去换取的。

美哉日喀则

40多年前听过一首歌，我的家乡日喀则，歌词记不住了，脑海中，那是个非常美丽的地方。地名有“日”，想象中，总与阳光灿烂连在一起。

日喀则是藏语，意译小有不同：最好的庄园、水土肥美的庄园、最如意美好的庄园，不论哪种翻译都与太阳无直接关系。而间接，这里的日照确实非常充足，与拉萨一样，有“日光城”的称号。因地处河谷，农业发达，有西藏粮仓之誉，不仅青稞，现在种出了土豆等作物，还因日照时间长、温差大，培育出的苹果特别甜脆。

日喀则是一座古老的城市，距今有五六百年历史，是历代班禅驻锡之地。扎什伦布寺最具盛名，当年后藏的政教中心，明正统十二年（1447年）兴建。之后，四世班禅罗桑·却吉坚赞加以扩建，与拉萨的甘丹寺、色拉寺、哲蚌寺合称藏传佛教格鲁派的“四大寺”。寺周筑有宫墙，沿尼玛日山蜿蜒迤逦。殿宇背山面阳，因着山势，依次递接，疏密有致，以致进入殿堂也要上很陡的几层台阶。旁有扶手，木面扶磨得光亮。

扎什伦布寺最宏伟的建筑是大弥勒殿和历世班禅灵塔殿。大弥勒殿位于寺院西侧，殿高30米，供奉九世班禅曲吉尼玛主持铸造的弥勒坐像。这是世界上最大的铜佛坐像，总高26.28米，共享黄铜231400斤，黄金6700两，仅镶嵌佛像两眉，就用了大小钻石珍珠等1400多颗。瞻仰巨像，心生肃穆，顺时针在铜像下走一圈，周围垂下佛像的铜衣，真是巨大，堪称杰作。

措钦大殿是寺中最早建筑。殿中有释迦牟尼像，两边有根敦主与四世班禅立像。殿前有五六百平方米的讲经场，班禅向全寺僧众讲经，僧人也可在此辩经。周围有宗喀巴师徒和80位高僧塑像等。殿内绘着精致的壁画，梁柱上挂满卷轴画。其中一至九世班禅生平卷轴画及十八罗汉图等，是全寺最出色的艺术作品。导游看出听得认真，也就说得仔细。寺中长年点的都是无烟酥油，对于殿内壁画等艺术品起到保护作用。仔细品闻，果真无烟无味。

寺内到处是宝，就连几个大殿前的地上都铺有宝石，名贵的羊脂玉、绿松石、红珊瑚……一颗巨大的猫眼石分外夺目，真如眼睛一般形象，以致不忍去踩，绕道而过，让人感叹寺的精致与尊贵。

登上佛殿三层金顶，满目金碧辉煌。高大主建筑群雄伟壮观。殿堂以铜柱金顶装饰，气势壮阔。殿檐系缀着铜铃。佛殿前，经幡高高矗立，直指云霄。站在寺院墙边向寺外看，居高临下，整个日喀则市收入眼底，楼房林立，街道纵横，树木掩映，四周环山，真是一座美丽的城市。

日喀则是佛教圣地，也是英雄的地区，下辖18个县市。其中江孜县是高原上难有的平地。就在这片平原上，有座百米高的宗山，登高一望，四周

宏伟的扎什伦布寺

静心忙碌

良田，只因唯一，凸显出军事意义。人们意识到这一点，约 14 世纪，在山上建筑了城堡，成立了江孜宗政府，“宗”在藏语中是城堡、要塞之意，建筑主要有宗本，即县长办公室，及经堂、佛殿等。建筑依山势而建，由山腰直至山顶，居高临下，高大宏伟，气势壮丽，有点儿小布达拉宫的意味。

城堡内白居寺颇具盛名。寺原属萨迦教派，后来噶当派和格鲁派的势力相继进入，于是兼容了三个教派。寺内供奉及建筑风格也兼收并蓄、博采众长。白居寺的标志是菩提塔，由近百间佛堂依次重叠建起，塔中有塔。塔内佛堂、佛龛以及壁画上的佛像总计有 10 万个，有“十万佛塔”之名，并有“西藏塔王”的美誉。寺内壁画，局部看自成一体，总体看结构连贯，十分和谐。

更为引人的是抗英遗址，曾有过一段感人故事。资料记载，宗山抗英发生在光绪三十年（1904 年）。荣赫鹏率领的英国武装使团近万人，从印度经锡金进入西藏，一路进攻，到达江孜。达赖十三世下令，西藏军民全力抵抗。江孜境内 16 岁至 60 岁的男丁都投入了战斗。英军有着洋枪洋炮，而西藏军民只有火药枪和石头。他们挖地道，构筑地上地下防卫网，依据宗山城堡的险要地势，与英军展开了殊死战斗。最后，连石头也砸光，守卫宗山城堡的藏军不愿被俘，全部跳崖，有着狼牙山五壮士的悲壮。抗击侵略者，江孜从此有了“英雄城”的美名。

影片《红河谷》，抗击英国侵略者的故事就取材于这段历史。至今宗山仍保留着炮台遗迹、带弹孔的断壁残垣及藏军指挥官的住所。为了记住这段历史，城堡前修建了宗山广场，面积不大，一小片开阔地，矗立着江孜宗山英雄纪念碑。碑身很高，与后面的宗山完美结合。近前看，宗山城堡独立雄伟，高高指向蓝天。广场前立着一块说明牌，缅怀着一个世纪前抗击侵略者的英雄们。

日喀则还是一片美丽的土地，南部是西藏的山南地区。沿雅鲁藏布江溯流而上，沿途便是羊卓雍错湖，译过来就是天鹅之湖或美丽的神湖。湖

远望宗山

江孜城堡

面海拔4440多米，是世界海拔最高的淡水湖，约1亿年前，因冰川泥石流堵塞，形成堰塞湖。湖的形状不规则，分叉多，湖岸曲折蜿蜒。水源来自周围的雪山。湖无出水口，面积630多平方公里，浩浩汤汤，竟然雪水融化不涨，湖水蒸发不落，达到动态平衡，如此神奇，堪称一绝。

湖水极清澈，水绿到极清时便发蓝，以致蓝得令人心醉。湖水的尽头是皑皑的雪山，这些颜色的组合，构成美丽的画面。有人比喻，如果站在海拔 4790 米的岗巴拉山雪山上，下望羊卓雍错湖，就像一片银色峰峦中的一颗蓝宝石。见到湖水，更觉比喻形象。

雪山与白云是不同的白，蓝天与湖水也有不同的蓝。蓝天蓝得洁净透亮，而湖水蓝得深邃。

现在流行歌手也在唱："我的家乡在日喀则，那里有条美丽的河 / 阿妈拉说牛羊满山坡 / 那是因为菩萨保佑的 / 蓝蓝的天上白云朵朵 / 美丽河水泛清波 / 雄鹰在这里展翅飞过 / 留下那段动人的歌。"曾经觉得很美的歌词，去过后，又觉得流于表面，还有很多美没有写出。珠穆朗玛也在日喀则，能写得尽吗!

日喀则值得赞美、歌唱。

蓝色纳木错

画面上曾见过纳木错湖，蓝天白云，洁净的湖水。

在 5190 米高的山顶那根拉，从山口远远看到了纳木错湖，那是一幅巨大的图画，湖水位居其中，心中充满神奇和幻想。

车子沿着山路盘旋下去，再贴湖边行走。到了近前，看得真切，才感受到湖的美丽，才知道什么叫蓝色。上天仿佛把一切的蓝都凝聚在这里，淡蓝浅蓝灰蓝宝蓝深蓝黑蓝，由浅入深，蓝的色彩如此丰富，以致难以描绘或形容。如果再与天空的蓝连在一起，便是一片蓝色的世界。有一首外国名曲叫《蓝色多瑙河》，非常好听，引得对蓝色的水也感到曼妙而奇特。后来听说那里的河水并非蓝色，要在特定的时间、地点才会有那种效果，便对那条河的美打了许多折扣，甚至对蓝色的水也产生质疑。而纳木错湖恰恰相反，不论你站得高低，沿湖行走，都会看到那醉人的深浅浓淡，看到多变的面孔，仿佛仙女故意浓妆淡抹。

不知是天上的倒影，还是洁净所至，湖水变幻出了如此丰富的蓝，湖面海拔很高，有4718米，如同悬在空中，各种说法，凝结成一个美丽的名称——天湖，非常形象准确，也只有这个名字才能解释这里的蓝色。藏语中，“纳木错”意为“天湖”。

在天空，确曾看到过湖水，连绵不断的雪域高原舒展开来，群山中偶然现出一点蓝色，偌大的湖水，变得很小，很像银器饰品上镶嵌的一颗蓝宝石。晴好的天气，把纳木错湖描绘为蓝与白的世界更为准确。蓝的天地中还有白色，漫天变化舞动的白云，如此透亮；水中卷起的层层雪浪花，让我想到了大海，湖水恰恰也是咸的；而位于天水之间的，还有连绵不断的雪峰，那就是念青唐古拉山，此时的主峰显不出高大，像是众多兄弟，披着终年不化的白色盔甲，环着湖水，联手护卫着这颗冰川上的宝石。

蓝与白，极美妙的搭配，许多大师把这两种色彩放在一起，幻化了杰出的作品。而这两种色彩，在世界高原之上，也编织出美丽的传说。相传，纳木错是帝释天的女儿，与念青唐古拉山结为伉俪，相亲相爱。念青唐古拉山在藏北诸神灵中最具权威，拥有广大无边的北方疆域和丰富的财宝。他们有着许多美丽的故事，也被人们塑造出生动的形象：念青唐古拉头戴盔甲，右手举着马鞭，左手拿着念珠，骑白马；纳木错骑着飞龙，腾云驾雾，右手持龙头禅杖，左手拿佛镜。龙与马，一如蓝与白，极为和谐的一组雕塑，多么独特，极有张力，印象深刻，创作者一定是艺术大师。

高原的气候多变，有乌云密布，也有狂风大作。前几天刚下完雪，路上有了积存，要不是大风刮出晴朗，就无法前行了。往年10月或11月，会因大雪封山而无法进入，今年算晚的了。我们在湖边尝到了风的强硬，衣服扣紧，帽子戴严，还觉透风。风也带来湖中的水气，有些湿润，呼吸起来很舒服，减轻了高原的干燥和缺氧带来的疲惫。

沿湖岸行走，两块巨石兀自立在面前，取名迎宾石，迎接远道而来的贵客，也为这两色的世界增添了一点黄色。迎宾石以前视为湖的门神。纳木错女神，掌管着藏北草原的财富。商贩外出做生意，必先来此祈求，以保生意兴隆。石前有一巨大香炉，再向前有扎西岛寺，凡去天湖朝佛敬香，莫不虔诚顶礼膜拜。湖中有三个岛屿立于碧波之中，佛教徒们传说是佛的化身。

湖水有了佛的意味，传为密宗本尊胜乐金刚的道场。很早以前，藏传佛教的高僧，曾到湖上修习密宗要法，并创立在藏历羊年设坛大兴法会，此时转湖念经一次，胜过平时，其福无量。叫天湖又有了神圣，纳木错湖是善男信女必去的圣地，从古到今香客不断，僧俗信徒不惜长途跋涉，前往转湖。虽已进入初冬，去往天湖的路上，还有朝圣的信徒在长头叩首，有去有归。

湖中五个半岛，从不同的方位凸入水域，扎西半岛最大，又是低缓的丘陵。岛上林立着众多石柱石峰，如象鼻，似人形，像松柏，千姿百态。

迎宾石

岛上还分布着许多幽静的岩洞，有的洞口呈圆形而浅短，有的溶洞似地道而狭长，有的岩洞塌陷而形成自然的天窗，有的洞里布满了钟乳石。洞各有名，诸如量身洞、阴阳洞、合掌洞，亦各有意，如善恶洞，藏传佛教认为，做善事恶事，上天一定知道，无论胖瘦高矮，只要行得正走得直，就能从此洞中穿过，反之就当反省。钻善恶洞是佛祖在提示，警钟长鸣。

纳木错湖是经喜马拉雅山运动凹陷，形成巨大盆地，后因西藏高原气候逐渐干燥，面积大为缩减，湖水退缩，周围留下数道岸线，最高一道距湖面约 80 多米。湖滨依旧有广阔的草原，环湖四周，水草丰美，是天然的牧场。每当夏初，成群的野鸭飞来栖息，繁衍后代。湖泊周围常有狗熊、野牦牛、野驴、野牛、山羊、岩羊、狐狸、獐子、野兔等野生动物栖居。

湖中盛产高原细鳞鱼和无鳞鱼。湖区还产虫草、贝母、雪莲等名贵药材。

美丽的地方容易激发灵感，也就有了那些神奇的传说。无需考证，身在美景之中，深感造化之绝妙，山与水相依相连：冰雪消融，滋润湖水；湖水又像母亲，养育了湖畔的草场。触动心灵的还是辽阔天地，藏北那人迹罕至的雄浑，还有那蓝色湖水，荡涤灵魂，使天籁之地孕育出了历史，留下了更为美妙的人文空间。

两走大昭寺

回到拉萨，海拔低了，又经几天的适应，走平路已无大碍。住地距大昭寺很近，步行约 10 分钟，一早出发，奔寺而来。

九点半，听起来有些晚，与北京有约两小时时差，刚刚是这里的清晨。寺前广场上已聚了许多人，磕等身长头的人排满寺前，进寺朝拜的人排起长队，到八廓街转经的人不断从北街进南街出。

这是拉萨老城区中心，自然繁华。大昭寺是藏传佛教寺院，影响最大，始建于 647 年，正是吐蕃王朝的鼎盛时期。建寺是为了供奉释迦牟尼等身像。吐蕃王松赞干布迎娶时，尼泊尔尺尊公主从加德满都带来了释迦牟尼 8 岁等身像，而文成公主入藏时，从大唐长安带来的是释迦牟尼 12 岁等身像。现在大昭寺内供奉着释迦牟尼 12 岁等身像，而 8 岁等身像后来被转供奉于小昭寺。“昭”有庙或佛的含意。

关于建寺，有着许多传说故事。大昭寺原是一片湖水，松赞干布曾在此湖边向尺尊公主许诺，在戒指所落之处修建佛殿，孰料戒指恰好落入湖内，湖面顿时遍布光芒，之中显现出一座九级白塔。于是，一场由千只白山羊驮土建寺的浩荡工程开始了。还有故事说，按照文成公主所选的位置，先要把湖泊填平。当时没有其他运输工具，只能靠山羊驼沙运土，才奠定了建寺基础。不论故事内容如何，都与山羊驮土有关，据说寺名最初曾被命为“羊土神变寺”。为了纪念，大昭寺还给山羊立了塑像，当作神羊崇拜。

大昭寺开创了藏式平川式的寺庙结构和布局，土木结构建筑结合了藏、唐，又融入了尼泊尔、印度的风格，成为藏式宗教建筑的千古典范，后经历代修缮增建，形成庞大的建筑群。寺内各种木雕、壁画精美绝伦。大殿通道入口处绘有关于大昭寺建寺故事的壁画，讲述的就是松赞干布扔戒指选址建寺的故事。它生动形象地绘出布达拉宫早期的样子，及当年填湖建寺的情景，是了解大昭寺，了解七世纪时的拉萨，了解松赞干布和文成公主的形象资料。

西藏的寺院多数归属于某一藏传佛教教派，而大昭寺则是各教派共尊的寺院。主殿高四层，镏金铜瓦顶，辉煌壮观，两侧列有配殿。寺院内的佛殿主要有释迦牟尼殿、千手千眼观音殿、宗喀巴大师殿、松赞干布殿、班旦拉姆殿、神羊热姆杰姆殿等。虔诚的朝拜者在每一个殿前做着祈祷，添加酥油。寺内空气中弥漫着酥油香气。

上了三层，来到大昭寺金顶，座座殿顶相连，一片金碧辉煌。其中一座装饰独特，两个鹿中间，拱卫着法轮，上面镀满黄金，不少人在拍照，以远处红山上的布达拉宫为背景，作为拉萨的标志。远看，拉萨最主要的大街呈现在眼前，排列着大品牌的商店；俯瞰，大昭寺广场，右边种着“公主柳”，相传是当年文成公主所植。旁边就是唐蕃会盟碑，象征着唐朝与吐蕃“永崇甥舅之好”。广场两侧摆着各种摊位，中间是熙熙攘攘的人流。寺前的朝拜者，那么集中，那么虔诚，心中也就多了几分崇敬。

入夜，临睡前，心中总想着什么，已是晚上十点了，还是起身，又去了大昭寺。街上的商店已关门，街灯明亮，新搭建的跨街彩灯还在闪烁，很是美妙。大昭寺广场两边商店业已宁静。广场上还有人走动，个别商贩在推车做生意。寺门已关，灯光已闭，门前依然还有朝拜者，有的在磕长头，虔诚之心，令人感动。

寺外墙下，极暗处，忽然发现一女子在拍摄。顺着相机镜头所指，东方升起的那颗大星正在寺顶法轮之上，在此地，木星特别亮，似乎照耀着寺院。猛然想到，此法轮正是白天在金顶上所见，两边神鹿拱卫。于是也拿出相机，拍下了这一精彩瞬间。光线极暗，仅靠广场折射过来的光投向寺门，亮度与那颗星光相近，不知是否拍实。两人都为没带三脚架而遗憾。

不觉奇怪，东方大星怎会在寺的正门之上？这才回想寺的方位。大昭寺的布局方位与内地佛教的寺院有所不同，寺门与主殿是坐东面西。

有句名言："去拉萨没有到大昭寺，等于没去过拉萨。"听起来很熟，有"不到长城非好汉"的味道。另外还有个说法，"先有大昭寺，后有拉萨城"。拉萨之名有个演变过程，与大昭寺有关。拉萨古书上叫 RASA，RA

大昭寺

是山羊，SA 是土地，意思是山羊建的地方。因为修建了大昭寺，供奉了佛祖像，有佛经、佛塔，还有四面八方的信徒来这里朝圣，于是认为这个地方是佛地，拉是佛，萨是土地，所以改称拉萨。

两去大昭寺，看到了昼与夜，应该说去过拉萨了。

游走八廓街

八廓街从字面上理解，似与“八”有关，好像有八条街道或有八个角，因为另有名字就叫八角街。其实，街与“八”并无联系。街只有四条：八廓东街、八廓西街、八廓南街和八廓北街，四条街不是笔直的，街与街相连处不是九十度直角，也非四十五度斜角而成八个角，有的位置甚至自然地弧形转过去，准确地说应是多边形环状街道。

街与大昭寺直接相关，是环绕寺外墙的大街。墙外排起紧密的店铺，与对面的店铺相对，形成拉萨最为繁华的商业街。四条街又向外辐射出多条街道，也是熙熙攘攘的人流和密密麻麻的店铺，逛八廓街当然也包括这一带。为何出现“八角街”，据说，拉萨的四川人比例很大，四川话中，“廓”与“角”的发音相近，所以就把八廓街读成“八角街”了。

八廓街是藏语“帕廓”的音译，意思是围绕大昭寺的街道。八廓街与建造大昭寺有关，距今有上千年历史。大昭寺建成后，引来众多朝圣者，日积月累，逐渐踏出一条环绕大昭寺的小径，形成最初的八廓街。寺院周围陆续修建了许多家族式建筑，为远道朝圣的信徒或商人提供住宿之地，相继出现了僧人宿舍、宗教学校、小寺庙等。众多信佛者迁居大昭寺周围生活，街上逐渐出现了大量民居、店铺、旅馆、手工作坊等设施。后来，八廓街还出现了来自蒙古、克什米尔、尼泊尔、不丹、印度等地区和国家的众多商贩、香客、游民，而逐渐发展成为集宗教、观光、民俗、文化和商业购物于一身的街区。

八廓街若是一座时钟，大昭寺是轴心，朝拜者就是永动的指针。大昭寺宗教地位不断提高，藏传佛教认为，以大昭寺为中心，顺时针绕行称“转经”，表示对供奉在大昭寺内释迦牟尼佛的朝拜，从内到外有三个环型：沿大昭寺内的千佛廊绕释迦牟尼佛殿转一圈称为内圈，又称为“囊廓”；围绕八廓街转一圈称为中圈，又称“八廓”；围绕大昭寺、药王山、布达拉宫、小昭寺转一圈称为外圈，又称为“林廓”，此圈很大，已绕大半拉萨城。

中午时分的八廓街，阳光灿烂，行人如潮，转经的购物的逛街的摩肩接踵。顺时针沿着转经的线路进了八廓街。此时，到大昭寺朝拜的人还在排队，队伍已经排出寺外拐到八廓北街上。街旁摆放着巨型香炉，人们持香争相投入，烟火弥漫。

街道两侧店铺林立，多是二三层的楼房，店铺前又排满手推车类的移动摊位，更显出街市繁华和商品丰富：铜佛、转经筒、酥油灯、经幡旗、经文、念珠、贡香、松柏枝等宗教用品，卡垫、氆氇、围裙、皮囊、马具、鼻烟壶、火镰、藏被、藏鞋、藏刀、藏帽、酥油、酥油桶、木碗、青稞酒、甜茶、奶渣、风干肉等生活日用品，手绢、藏毯、古玩等西藏各地土特产品，还有来自周边国家的商品。繁多商品压向视线，让你无所适从。在一卖铜制品的摊儿前停下来，摊主看出我的意图，很热情，拿下挂在车上的勺，红铜的，把儿很长，带有一环，绝对是手工打造，还有锤子锻凿的痕迹，只是觉得上餐桌有点儿粗糙。

八廓街有很多有名的店铺，看门脸儿能知有老店。在八廓南街，我随意进了一家宝石首饰店，印象中，觉得藏民喜欢绿松石和红玛瑙。店主是位女老板，见我专心看绿松石，便让我在柜台前坐下，做了详细介绍，说了许多挑选的方法，然后又说，藏族人更喜欢这种蓝色的，顺手从柜台里拿出一块，整块石头，竟无一点儿绿，依然是绿松石，蓝得炫目。

雪域唐卡手工艺店吸引了视线，里面挂满大大小小各种唐卡。店主坐在门口一角，拿着狼毫，专心画着一幅。有人进门，他并没分神，可能习惯了。站在旁边看了一会儿，画幅很大，面积近于整张宣纸，画工很不错，看来店里挂的唐卡出自他之手，自画自卖，生意很好，远销国外，要不怎能在这寸金之地开店。趁他舔笔的瞬间问："这幅要画多长时间？"他说要半个月。技艺所至，有人真求。

八廓街上遗存着许多名胜古迹，有下密院、印经院、席德寺废墟等，能看到保留有老式藏房建筑。拐进八廓北街的一所院子，有一幢看起来普通的两层小楼，名叫曲结颇章，这就是赫赫有名的法王宫。它是在修建大昭寺之前，松赞干布为自己建造的简朴"行宫"，古老而珍贵。还有一幢三层楼房，顶层为红色草墙，这是当

八廓街

年清朝驻藏大臣衙门。雍正年间，开始向西藏派遣驻藏大臣，之后清朝的100多年间，共派遣了84任，可见藏汉关系久远而紧密。

八廓街转一周，又回到大昭寺门前。街面开阔，是个小广场，进出八廓街的人流汇集于此。两边依然是店铺，前面的活动摊位整齐地排列开来。八廓街里传统商品居多，而这里以藏族特色的饰品、纪念品、现代工艺品见长，分类整齐。丝绳编织物鲜艳的色彩吸引了视线，有中国结、动物、花卉等，品种繁多，不知如何是好。忽见一种，上面呈现出点点鲜艳色彩，很别致。主人热情介绍说，这叫格桑花。多好的名字，太形象了，这是西藏最美的花，也是最好的纪念，何况在八廓街上。

夏宫罗布林卡

“罗布林卡”看不出词意，藏语意译为“宝贝公园”，一下豁然，原来是个美丽的地方。这里的景物充满了园林的韵味儿，“宝贝”真是贴切。

拉萨西郊曾是拉萨河故道经过的地方。这里河道曲回，水流平缓，长满灌木。夏日，堤草岸柳，倒映水中，风景自然秀丽。七世达赖格桑嘉措在哲蚌寺学经期间，时常在此搭帐消夏。当时清朝驻藏大臣曾令，在泉水附近搭设帐篷，供达赖休息和诵经之用。随后，七世达赖在此兴建了乌尧颇章，即凉亭宫。罗布林卡缘起于此。

之后，七世达赖在乌尧颇章东侧又建了一座三层宫殿，并以自己的名字命名为格桑颇章，内设佛堂、卧室、阅览室、护法神殿、集会殿等。落成后，经清世宗雍正批准，七世达赖每年夏季在格桑颇章处理政务，接见西藏僧俗官员，并起名“罗布林卡”。此后，历辈达赖均在每年藏历三月十八日，从布达拉宫移居罗布林卡，至藏历九十月之交返回布达拉宫。

历代达赖喇嘛悉心经营罗布林卡，大规模兴建有两次：一次在八世达赖期间，扩建了辩经台、观戏楼、湖心宫、龙王宫、阅经室等，明显有了汉式亭台楼阁园林建筑的特点；另次在十三世达赖期间，主要辟建金色林卡，在园林西部修建金色颇章和格桑德吉等建筑。至十四世达赖修建达旦明久颇章为止，历时 200 余年，建筑了各种宫殿、别墅、凉亭、水榭，栽种大量花草树木，形成一座占地 36 万平方米的大型园林。

花费如此长的时间和气力，定然格外美丽。这里花木茂盛，鸟语花香，古树众多，含氧量高。达赖喇嘛非常喜欢夏天来此居住，便有了“夏宫”之称。不觉想起了北京颐和园，也是古典园林式建筑，也在京城西郊，皇帝夏天喜欢在那里居住办公，是巧合还是有意，不得而知。

沿着林荫道向里走，一座座精美的宫殿逐渐展现：格桑颇章是一座三层楼房，典型藏式建筑，一楼房间用于宗教仪式和接待客人，二三层楼上有达赖喇嘛卧室及小经房，墙上画满壁画。金色颇章建于 1922 年，是一位名叫金色坎布的富人专为十三世达赖修建的，所以称为“金色宫殿”。经过几个建筑，也便有了体会，“颇章”就是宫殿。金色颇章内还摆放着各种老车，其中有两辆是外国的古典洋车，看着眼熟，与颐和园内的老爷车很相像。

格桑德吉颇章是一座独立小型宫殿，很别致，建得很高，要上十几层台阶。殿内按藏式风格布置着会客、休息、看书之处，每个区域不大，紧凑而高雅清幽，当然还有释迦牟尼、观音的画像和雕塑。

达旦明久颇章又称永恒不变宫，是罗布林卡最美的宫殿。一进颇章院门，走在林荫小道上便有一种特殊的感觉，路边的植物整齐排列，左边是松，右边是竹，常青常绿，不知欲取何意。又觉奇怪，竹本南方物种，竟能在这里有如此好的长势。

拐向右，一座两层楼建筑，能在楼上会客间看到沙发一类西式家具，在卫生间看到陶瓷的浴池、洗手池等设施，也就有了现代感。当然，室内陈设整体还是藏式风格。印象深的是墙上壁画。引人注目的是经堂内的一

格桑德吉颇章

藏汉合一的建筑风格

幅，释迦牟尼与八大弟子图。菩提树下，释迦牟尼佛坐于画面中心，手持说法印，慈眉善目，静如止水。八大弟子虔诚恭敬，显示出一种静默悠远的禅思与意境。整个画面气势恢宏，构图严谨，线条流畅，色彩艳丽。

另一幅是南殿的连环画式壁画，详细介绍了西藏的历史。内容包括藏族起源，吐蕃王朝兴亡，西藏佛教各教派的陆续兴起，还有猕猴变人的传说，松赞干布的生平传记，五世达赖访问北京等。这些画面为研究藏族的历史和藏汉关系的发展提供了重要资料。整个画面生动活泼，色彩和谐，

小桥流水如苏州园林

美丽的宫殿

笔触细腻，具有独特的民族风格。

沿路拐向左，即楼的对面，有一大门，进得里面，则是另一番景致。有了小桥、流水，湖里游着鸭和天鹅。湖心建了龙王庙和措吉颇章。里面的凉亭、水榭、回廊也有汉式风格。这里建筑布局紧凑，芳草遍地，树木繁多，水桥相映，颇有苏州园林的味道。

藏汉合一的风格，设计之精美，令人赞叹不已，这是中华民族共同的财富，已被列为世界文化遗产。

布达拉宫仰望

布达拉宫雄伟。

许多时候，雄伟总会与高大连在一起。

藏族人也崇尚高大，建起这样宏伟的建筑。

汉式建筑喜欢高大，许多著名建筑都要有亭台楼阁，琼楼玉宇。古代，仅凭砖木结构，很难建起摩天大楼，三五层不算矮。塔修得高些，却不为居住。古有“危楼高百尺”，是诗人的夸张，“危”在说其高，“百尺”是泛指。尽管尽其想象，却也仅“尺”而已。布达拉宫同是砖木结构，楼高13层，据测量有百“米”多高，这在平原难以想象。布达拉宫构思格外巧妙，利用山势作为依托，有了那座神圣的红山，才有了壮丽巍峨的建筑。面对杰作，心中袭来两个字：震撼。

布达拉是梵语普陀的音译，指观世音菩萨所居之岛。吐蕃王松赞干布把观世音菩萨作为本尊佛，7世纪，为迎娶文成公主而建，称作“布达拉宫”，因山名也称红山宫，后来宫殿遭雷击引起火灾，并随着吐蕃王朝的没落和战乱逐渐毁弃。至17世纪，五世达赖喇嘛在旧址上重建，布达拉宫初具规模，再经后世达赖喇嘛补建，形成现在看到的格局。

远远望去，红白两色，很少有用这样鲜明

辉映

的色调来安排建筑，也就是这种强烈对比，才有了独特效果。布达拉宫下面是白宫，分达赖喇嘛的寝宫及其他人员的僧舍。白宫里有各种殿堂长廊，摆设精美，布置华丽，墙上有佛教绘画，多出自名家之手。

白宫上面居中位置是红宫，外墙呈特有的暗红色。五世达赖去世后，为安放灵塔，继续扩建宫殿，形成红宫。里面供奉佛像数千尊，还有历代达赖喇嘛灵塔。围绕灵塔殿建造了许多经堂、佛殿。红宫前还有一片白色的墙面为晒佛台，每当佛教节庆之日，用以悬挂大幅佛像。红宫与白宫联结为有机整体。

登布达拉宫并不容易。海拔高而坡陡，走不了几步就气喘吁吁，当地藏民也要停下来休息一下。沿“之”字形斜坡而上，没有台阶，很像城墙马道。登道由石块铺就，道面时有凸起斜向的石头，排成一遛儿，延至道边的石槽，可拦截雨水。

宫殿的设计和建造借地势，又根据高原地区阳光照射的规律，墙基宽而坚固，下有四通八达的地道和通风口。布达拉宫有千座宫室，各大厅和寝室的顶部有天窗，便于采光，通风换气。每个宫殿都很明亮，闻不到老旧气味，适宜居住，一直作为达赖喇嘛的冬宫。殿内有柱、梁、椽、斗拱、雀替等组成撑架，再加上供奉及陈设，堪称是一座建筑艺术与佛教艺术的博物馆。

红宫中的法王殿，相传是吐蕃时期遗留下来的建筑，尚有当年遗物，如炉灶、石锅、石臼等。法王殿处在布达拉宫的中央，下面就是红山顶。殿前敞亮，上开“天井”，采光很好，有阳光射入。地下还有排雨水的石槽，已踩磨光亮。据说这里曾经是松赞干布的静修之所，现供奉着松赞干布、文成公主、尺尊公主以及大臣们的塑像。圣者殿，也称观音殿，供奉着观世音菩萨像，佛像不大，却是檀香木天然形成，十分珍贵，属布达拉宫的稀世珍品。门楣上方悬挂大匾，上书“福田妙果”四个字，为清同治皇帝御笔。

五世达赖灵塔殿在红宫中最大。殿内悬挂乾隆帝亲书的“涌莲初地”匾

梦幻布达拉宫

布达拉宫旁转经人

额，还保存有康熙皇帝所赐大型锦绣幔帐一对，为布达拉宫内的珍贵文物。传说康熙皇帝为了织造这对幔帐，专门设立了工场，费工 1 年才得以织成。整个殿堂雕梁画栋，有壁画几百幅，内容多与五世达赖的生平有关。殿内共有灵塔 8 座，五世达赖是最大的一座。据说镶包灵塔所用黄金达 11.9 万两之多。塔上还有众多珍贵玛瑙玉石，上方镶有一颗巨大珍珠，更是稀世珍宝。

五世达赖喇嘛罗桑嘉措，是西藏历史上一位功勋卓著、业绩辉煌的人物，所在时期，建立了政教合一政权，是西藏封建农奴制社会的发展繁荣时期。1652 年，他赴京觐见顺治皇帝，驻锡北京西黄寺，受到清朝中央正式册封和大力扶持，并赐满汉蒙藏四体合璧的金册和金印。达赖喇嘛活佛转世系统的地位从此得以确立。他还是才华横溢、著述颇丰的学者，佛学精深。

走出布达拉宫已近中午，人明显比早晨增多，围绕布达拉宫在顺时针转经。人流前，看到三个小伙子，穿着运动服，戴着头盔，自行车后架上捆着行李装备。他们个子都不高，来自大城市。问起，原来是从广东来的，本是单骑，在路上相遇结伴，准备用一年的时间走遍西藏。他们随身只带着一张西藏地图，没有再细的图纸，走到哪儿，睡在哪儿，补给两三天的干粮就往前行，正准备去珠峰，之前要看布达拉宫。

看相貌，不居省会也在发达地区，能置下这套行头，绝不会为生存奔波。放弃优越的生活，奔往人迹罕至的路途。我知道一路上的艰辛，比步行略强，若是崎岖的山路还不如只身灵活轻便。到了珠峰，更不知有多大的付出。从平静微笑着的面容看，他们没有畏惧，执意前行，义无反顾。这是多么大的动力：探索未知，追寻纯真，回归自然，或是弥补心灵的缺失，甚至是在躲避、逃离，也未可知。结实的身体里，也有着久居城市的郁积。

到高原来吧，这是美丽而令人难忘的地方，有杰出的建筑，有灿烂的文化，还有世界之峰巅，应该看，尤其是自然质朴与纯真，越是原生态越是弥补现代城市心灵缺憾的良方。

情系北川

汶川……

对它无数次地读过文字、听过声音、看过图像，时间已经过去两年多，内心深处的裂痕渐渐愈合。

当站到新建的大坝上，远眺北川县城时，蓦地一股巨大的冲击力猛然袭向心灵，情感的控制被击垮，裂痕炸开了。一座城市就那样坍塌了，塌得那样酥、那样脆、那样散，那些坚硬无比的钢筋水泥，在大自然面前犹如搭起的积木，瞬间倒掉了。山水又能怎样？青山一夜没了头，山顶滚下的石块覆盖了坡上的灌木；绿水顷刻改了道，沉积河底多少万年的乌木见了天日。天阴沉沉的，山水没有了青绿，黑灰的废墟挂满黑白条幅，发散着一种气场，下面有无数的生灵呵，面对那片废墟，我的心纠结着、压抑着……

坝栏上几束黄白色的菊花，指向北川县城，心头担负不住之重，无法再看下去……默默的鲜花代表了多少人的心声！

县城大街很静，并无闲人。人们的脚步放慢了，也很轻，生怕弄出大的声响，惊动什么。街道两旁静立着东倒西歪的建筑物，有的楼看上去很

大地震后的北川县城

震后学校废墟

正，却凭空坐下去好几层。毛坝小学的教学楼全部坍塌，唯独楼前的那面五星红旗依然立着。校园里有一道几尺宽的地缝，虽已无深不见底的景象，中间布满新土，仍明显看出大地裂开过的疤痕。

毛坝小学的旁边就是县公安局。进门大厅贴着遇难民警的照片，每个都很英俊、灿烂，然而他们的笑容已永远凝固在了墙上。有的无照片，不能看到容貌，只能标示着警徽。144 名公安战士仅存 47 人！倒塌的大楼不知哪层的窗口已与地面平行，强烈的挤压使墙体崩塌，断层中能看到室内凌乱的衣服被子等物品。幸存下来的民警从废墟中爬出，就听到了废墟里传出的撕心裂肺的呼救的童音。他们扑向学校，用手刨出了 100 多名小学生。

狭长县城的另一端是最为世人关注的北川中学，不能想象，那座曾有六七层高的主教学楼，当时约有 1000 名师生正在上课，刹那间，塌得只剩一两米高。5・12 那天晚上，学校外放着一筐学生证，学生们的家长或在焚烧衣物或在等待，希望不能认可的现实出现转变。校园内甬道旁，木板或门板搭成了一溜长摊，几位老人在卖些书籍、图册、蜡烛、纸币等几样简单抗震纪念物品。操场上留有抗震时的帐篷。虽说已是秋季，有了些许的凉风，校园内还是飘散着漂白粉的味儿。据去年来过这里的人说，那时街上还能闻到死人味儿。

瓦砾中掩埋的不仅是生灵，还有珍贵文化，像记述北川历史的《石泉县志》《北川县志》连同地方志办公室大部分人员一起埋在了地下。中国人不能没有历史。

北川是羌族自治县，有着灿烂的历史文化。之所以叫北川，是因这里位于当时州郡治所东北的河谷中。县城始建于 566 年，正是南北朝时的北周。又因县有甘泉，崖上刻有“甘泉古迹”，泉对面为石纽山，至唐太宗贞观八年（634 年），北川县内分出了石泉县。十几年后，北川并入石泉，不仅县名更异，也使县城靠近了平原。直到 1924 年，石泉县才重新更名为北川县。

据说大禹出生在这里。川里至今有一块红色血石，传说是大禹出生时胎血所染。这种传说无法考证，而这里山多，石质是较松的页岩，落差大，洪水多，冲下来常带有泥石。据记载，清同治三年（1864年）到1945年发生过8次大洪水，每次都将北川下属的一些乡镇冲毁。1953年，暴雨形成的山洪一路淹过交通局、卫生局，最后将县政府的食堂冲垮。一位70多岁的老人说，1981年7月连续下了十五六天暴雨，冲垮了擂鼓镇的煤矿。据查，这次降雨还使全县5所小学倒塌。洪水的强大，狭窄的山沟根本无法堵塞，只能疏导，不知大禹当年是否从这里悟出了治水方法。

灾难不仅是洪水，还有旱灾、风灾、雹灾，恶劣的天气在有记载的1151年来，平均5年出现一次，有时1年四灾并生。这里也是地震频发地带。1958年2月，在人烟稀少的任家坪一带，曾发生6.2级地震。所以在5月12日这天，当灭顶之灾到来时，最初几秒，人们并没有特别惊慌。1976年唐山大地震后，四川地质系统的专家来此勘察，认定这里处于一条长500公里、宽70公里的断裂带上。北川人第一次发现自己的危险，那会儿正是困难时候，没钱也没精力搞搬迁。搬，进一步向东南部平原迁移，将对北部少数民族聚居区的管理更加困难，何况无地。

不仅天灾，战争也给这个小县城带来不幸。北川从最西部的插旗山到东南部的湔江河谷相距92公里，落差却达4229米，平均每公里高差46米，谷坡高度超过100米的峡谷随处可见。这种地势不便交通，一旦发生战事，受到袭击的县城很难向外界报信，以致北川县城在历史上不断被入侵者摧毁。在可查的记载中，1238年，土筑的县城第一次被战火彻底毁灭，“焚荡无存”。其后10年，县城重建，“宏丽可观”，没想到在南宋宝祐四年（1256年）冬天，与少数民族的战争中又被烧为灰烬。前后28年间，小小的县城竟然两次被毁。最近的一次在1935年，徐向前带领的长征红军与追兵在北川境内激战。到1935年7月红军离去时，县城被敌人烧毁。

北川历史连同它的灾难都写在北川志书上。震后世人曾一度惊叹，北

勇敢者

川没有了历史！

庆幸的是，几多周折，终于另找到了乾隆版和道光版的《石泉县志》，“中华民国”版和近几年新编纂的《北川县志》。康熙版《石泉县志》藏于北京国家图书馆。这样，传世的五种记载北川的志书齐全了。志书上还应该续写一笔的是，新的北川县城已经迁往新址，建在平原上了，与“宏丽可观”比，要加一“更”字，那里天蓝水清，已具有现代城市的规模和特点。

老县城将会永久保留，成为地震博物馆，让人类永远记住这场灾难。走在街上，想找个北川人，而他们已经住进周转房，正准备搬进新县城。很巧，有几位中年妇女在街上打扫街道。我过去为一位拍照，她总背对镜头，并问拍什么？我说记住这个城市，记住这里的人。另一位脸庞黑红，很开朗，拿着扫帚在一旁插话，看你上镜头呗！我有些吃惊，在这片宁静的地方她还在跟同伴说玩笑，便问，能给您拍吗？她爽快地答应了，拿着扫帚很配合。我们边拍边聊。她 47 岁，叫陈红春。还有更多关心的，我不敢问了，生怕触动什么，哪怕是些微的不快，也会自责。而她却主动说，家有丈夫孩子，一家三口人生活得很好。我为她一家庆幸。她说，在这里，大家族都有损失，小家庭还可能健全。她说这话时很平静，还在配合着扫地。我说，那您真幸福。她笑得很爽朗，过来看看相机里的照片，很满意，动情地说，中国人真好，有困难都互相帮助。

我仔细看着她，一定也搬进了新居，有着相对稳定的工作，可以肯定是发自内心的笑，一直纠结的心释然了，就像那道地缝，虽然留着疤痕，终究止住了淌血。

不知怎的，心头忽涌上两个字：敬佩。北川，多灾多难，也磨砺了坚韧的性格，常说的勤劳勇敢善良，似乎就在恶劣环境中形成的。能从灾后心理阴影中走出，她确是一位勇敢者！

映秀新居

汶川路上

三点半起床，天黑着，蒙眬中坐上大巴车。上来一位女导游，借着车上昏黄的灯光，反复叮嘱："大家把随身的行李检查好，手机钱包充电器一类的物品别忘掉，没有就开车，大家睡吧。"

汶川正在修路，8 点上班前要通过工地，否则会堵在路上，只能早起。出了市区更是漆黑一片，伸手不见五指。车子颠簸起来。身体随车剧烈摇晃，偶尔能见窗外黑洞般的远处闪着微弱的亮点向后划过，那是修路工地的灯光。

渐渐撑不住，迷糊了……

车子猛然停住，天已大亮。导游乐着在前面说："'歌厅'到了，可以'唱歌'休息一下。"大家伸着僵硬的身体下了车。这就是大地震的中心带，路两边是险峻的山峰，山坡上除去灌木还有碎石。地震时山上的石块顺着山沟滚落下来，埋下灌木，直堆山脚，还可见滑下的巨石，这是大地运动的标记，让人感到恐惧。公路正在施工，路边堆着石料。

上了车，导游拿起麦克风，站在车前，先做自我介绍：本地人，姓曹，可以叫曹导。她穿一袭大衣，上面绣着红色藏族纹饰，很鲜亮，母亲是藏族父亲是汉族，看上去就是一位藏族姑娘，细长的眼，方面阔口，略有几分佛相。她不忘介绍司机：搭档年龄不老，驾龄是老司机了，大地震中，曾把一车人救出来，脱离危险，被评为金牌司机。这条路陡峭又在施工，经这么一说，大家的心安定下来。然后，她把此次去九寨沟的行程，包括经过哪儿，在哪儿住宿，海拔多高等等仔细说了一遍，还提醒大家："高海拔地区不要在车上睡觉，大脑会缺氧，还可能落枕，要注意防晒，更要防感冒。"

说了这么多，一般的导游会到此结束，曹导怕大家寂寞，依旧滔滔不绝，不断说笑："现在大家坐在车上觉得颠，像骑马，坐在后面的像骑疯马。其实，地震前这条路很好走。这里也富裕，有水电站，有水泥等工业，生产生活没问题。地震后受到很大影响。"

这一路走在阿坝州，古时称松州卫，途经汶川、茂县、松潘等几个县。

云雾山中

这里有句歌谣："茂县的风，松潘的葱，九寨沟的姑娘抢老公。"茂县一到中午就起风，松潘的葱好，至于九寨沟的姑娘抢老公——那是汉族小伙儿皮肤白，戴眼镜，觉得有学问。而羌族正好相反，不喜欢戴眼镜的，认为心眼儿多。

羌族古时是西北的主要民族，早在3000年前，殷代甲骨文中就有关于羌人的记载，至今有母系氏族社会的遗风。有的民族还是它的后裔，如纳西族及摩梭人。大禹的出生地有许多说法，仅"禹穴"就有4处。四川北川的禹穴是其中之一。三国时蜀国重要人物姜维也是羌族。羌族后来逐渐被汉族和藏族同化，现在人数很少，阿坝州是主要聚居地，在绝大多数藏族中，羌族只占20%，有20万人，被称为"熊猫"民族，集中在汶川、茂县、理县等几个县。羌绣非常美丽，可以装饰，还可绣在领口袖口裤脚膝盖上，耐磨实用，历史非常悠久，据说与有2000年历史的苏绣还有渊源，

九寨听泉

未去考证，可以想见民族的古老。村里建有雕楼，石片黄土砌成，分四角、六角、八角，下大上小，远看呈梯形，不用吊线，只靠目测就能盖起六七层二三十米高，建筑技艺高超。这种用于军事瞭望的雕楼清代还在沿用。

以前，羌族老式的房屋都是家家相通，户户相连。现在看到的房子是震后新建，多是三层小楼，一层火堂，二层居住，三层顶上晒放粮食。建筑风格很有特色，颜色多为白色，墙顶四周绘有“回”字图案，楼顶四角尖尖，摆置石块样装饰。车上的人好奇，问为什么？她张口便说：“这源于羌戈大战。当年羌族人与戈基人发动了一场战争，双方交战了很长时间，不分胜负。羌族首领做了个梦：神人让把白色石头涂上鸡狗之血，从山上掷向敌人，结果取得了胜利。所以他们把房子涂成白色，且爱把房子建在半山腰。”

不知导游词上这么写，还是读了书，掌握了更多的知识，她讲的故事很动人，有历史感。羌族崇尚白色，把洁白的石块赋予崇高的神性，加以崇拜。羌族著名的英雄史诗《羌戈大战》中也有描述。这是一部中国少数民族民间文学宝库中的瑰宝。史诗以神奇的色彩、高昂的格调描述了羌人与戈基人大战的始末，赞美了羌族祖先的英雄形象及光辉业绩。史诗中写道：

大雪纷飞的日补坝，／羌戈双方各一边。／羌人首领白构跃马相待，／戈人首领格波整兵备战。

几波尔勒神走上前，／发给羌人白云石；／几波尔勒神来阵中，／发给戈人白雪团。

神人站高处，／用眼仔细看：／白构指挥羌人兵，／格波统率戈基人。

神人几波尔勒说：／“戈人先打羌人三雪团／羌人再打戈人三雪团／然后两军再决战。”

格波用尽全身力，／打出手中三雪团，／雪团击中白构身，／四处飞雪溅。

九寨秋韵

戈人心中甚惊异，／个个跳跃人人喜；／认为初战很顺利，／全胜必然属自己。

神人夸奖戈基人，／说他英雄很出色；／戈人听后一阵欢，／龇牙咧嘴更轻敌。

白构出阵很沉着，／三块白石击戈人；／白石击中格波头，／头破满脸鲜血淋。

天神一声喊，／羌戈开了战，／白石雪团乱飞舞，／霎时天昏地也暗。

羌戈第一战，／羌人得胜凯歌还；／消灭无数戈基人，／鲜血洒满大雪山。

曹导讲的传说与史诗虽有不同，从中也能寻出羌人的相似之处。白石象征天神阿爸木比达，放在楼顶是图腾崇拜的遗迹。

羌族没有文字，靠口口相传。老族长把文化说给新一代族长，以此传承历史。以前，羌族的医疗条件有限，孩子成活率低，排行数字大，实际并没那么多。小孩子死后，用白布裹起，葬在山上，用岩石封起，寓意来生像大山一样坚实强壮。

羌族有“三宝”，其中之一是羌笛，竖吹，双簧。演奏者用鼓腮换气法，能连续吹上十几分钟不断气。这种古老的乐器在唐朝诗人储光曦《明妃曲》中就有描写：“虏骑双双引宝车，羌笛两两奏胡笳。”更有大家都非常熟悉的“羌笛何须怨杨柳，春风不度玉门关”，这是王之涣的诗句。如今会演奏的人不多。羌笛已为世界非物质文化保护遗产。听着脱口而出的羌族风土人情，真佩服曹导业务的熟悉。

说了这么长时间，看大家精神有些不集中，她马上说：“近几年，中央电视台的民歌大奖赛总有藏族歌手获奖，这不是照顾，而是高海拔把我们炼得中气十足，能歌善舞，会讲话就会唱歌，嗓子亮，且干净。唱上一首，不知想不想听？”大家的情绪立刻被调动起来。她唱起了：“太阳和月亮是一个妈妈的女儿……”清纯真挚的歌声灌满车厢。是深受藏族的影响还是羌族文化的濡染，她也认同自己是藏族姑娘。此时听起这首歌，心里有了异样的感觉：她的热情把大家融为一体，仿佛不在旅途，而在家中。

不断有羌族村子从窗外出现。她说：“看看每家有什么共同的地方？”大家看了一会儿没发现。她说：“每家房上都装有卫星接收器。”这是地震后出现的，所以传起一句话：家家屋顶放“锅盖”，苹果牛肉当饭菜。那时粮食蔬菜运不上来，只能吃这两样。这一带盛产苹果，不知是山区温差大还是日照足，很好吃。有一品种看着个儿不大，绿绿的皮，上面长着大大的红点儿，吃起来特别脆甜。

说到此时，她脸上的笑容收敛了，情不自禁地说：“汶川是地震的多发地，1933 年、1978 年、2008 年都发生了大地震。”去年地震时，她正在旅游车上，也是站在前面，车子开到沟口乡附近，身子晃起来，不知发生了什么，还以为路不好，再看车外，山上像在放鞭炮，崩起满山的土，石头也松动了，路像飘带一样摆起来，此时才意识到是地震了。她让汽车开到一个缓坡的地方停下，大家下车，钻到车下趴在地上。等大地停止了颤抖，人们站起来，浑身上下满头满脸全是土。山脚下简易房子倒塌，养蜂人在里面呼喊着。他们过去把他从废墟中拽出，满脸流着血。

这是大地震，整个山谷，黄土飞扬，有的路段已经让滚下的山石堵住，路上的汽车被埋，一辆也看不见，空无一人。向哪里去？前不着村后不着店。大家神情紧张，精神恐惧，问她：“你经历过吗？”她说：“常遇到。”大家的心放下来。她带领一车人从碎石中清理出一条路，走了几里，到了沟口乡的一个村。那里有个小卖部，她让车上人把所有吃的全买下来，甚至酒、饮料，这才深深喘了口气，暗自说：“这是第一次！”

乡书记正在这个村，就地组织村民自救，并把村里所有的粮食集中起

变色黄龙

来，统一调配。全村人，当然也包括他们一车人，每天一字排开，拿碗领饭，一天只吃两顿，人心异常的齐。

隔了一天，解放军战士来了，背着 80 斤重的背包，全靠双腿走进了灾区，走得急，脚底下都打起了血泡。他们没休息，放下背包就去抢救灾民，多是 20 岁左右的年轻战士！村民看在眼里疼在心上，为每个战士做了鞋垫。不拿群众一针一线，这是铁的纪律，战士们说什么也不要。乡亲们坚决不答应：战士们为灾区人民流血流汗，甚至献出了宝贵的生命，穿个鞋垫怎么就犯了错误？要在家里就是我们的孩子呀！僵持了很长时间，一再的强烈要求，才终于收下。

震后不久，政府贷款，村里羌族小楼很快盖起来。村民感谢国家，盖完一栋就升起一面红旗。有的人家干脆在门楣上用石子永久砌上“感恩报国”！

一车人从 12 日坚持到 16 日，路通了，几天中，生死与共，离别之际，

大地震后塌滑的山石与断桥

不知怎样感激村民的活命之恩，纷纷解囊，当时就凑起几万元，算是最起码的饭钱。曹导也很感动，把随身衣物送给村民。村里人不要："遇到这么大的难，相依为命，共渡难关，不是钱能买的。"后来这一车人回到家，又捐来很多钱。村里人还是不要，经历了大难，人们想通了："钱在银行，人在天堂。重的是人间真情。"相持不下，最后只能捐给村里的小学。

以前，这条旅游线很火，哪儿的导游都有。地震后，旅游的少了，外地导游都走了，有经济原因，也有余震危险的存在，就剩下阿坝州本地导游坚守了。曹导满怀热情地奔跑在这条线上。她与这条线有相通的血脉。

不知怎的，过去了很长时间，总忘不掉那些故事，脑海里总闪现出整齐刘海儿下的那张笑脸，耳畔回响着那只歌："藏族和汉族是一个妈妈的女儿，我们的妈妈叫中国……"

妈妈何止两个女儿，大灾来临之际，各族儿女的血脉流到了一处！

▪ 再造新北川

新县城交接

按照李长春同志指示精神，中国作家协会组成“中国作家赴四川灾区采访团”，我有幸成为团员随行，沿着“5·12”汶川那条地震带，从震中心映秀直到断裂最为严重的北川。

巧得很，出行第二天，正值北川新县城整体移交。这天是 2010 年 9 月 25 日，下午 3 点 30 分，山东省委书记姜异康将一把挂着红花的大钥匙，郑重交到了北川县委书记陈兴春手中。陈兴春深深地鞠了三个躬：北川人民感谢山东！

四川省委书记刘奇葆在援建北川县项目竣工交接仪式上充满感情地说：两年来，山东省积极响应中央开展对口支援的号召，帮助北川灾区建起的是美好家园，在四川人民和灾区人民心中树起的是巍峨丰碑。有力促进了灾区城乡脱胎换骨的巨大变化……

北川的干部群众自发地在路边敲锣打鼓，列队欢迎，为来宾献上羌红、

红旗不倒

映秀学校灾后

咂酒。十里八乡的北川人来了，他们想看看隆重的仪式，逛逛崭新的县城。50多岁的老居民何安全说：“在我的梦里也没想过新县城会有这么大，这么漂亮。”人群沸腾了，北川人高喊着“感谢祖国、感恩山东”。他们带来北川特产的核桃、板栗，一把把塞向援建者。这是对亲人的不舍之情。

北川人将铭记那3万多援建者，那历经艰辛困苦的400多个日日夜夜。山东人拿出了老大哥样子，把北川作为一个县，举全省之力来援建，共安排各类援建项目 369 个，总投资 121 亿元，完工项目 345 个。援建之初就放出话“三年援建任务两年基本完成”。黄海之滨，羌山横亘，山海相连，海誓山盟，共同“再造一个新北川”。

北川县城在“5·12”大地震中几乎夷为平地，2 万多居民只有 4000 余人逃生。巨大的灾难牵动着国家领导人的心。地震中胡锦涛同志、温家宝同志等多次来到灾区。胡锦涛指示：一定要把北川建好，并在重建中为新北川县城所在地取名为永昌镇。新名寓意着永远幸福繁荣昌盛。

北川新县城是“5·12”后唯一异地重建的县城。新县城的选址和设计经过精心的准备。参与规划的全国顶级设计单位超过 50 家，多名院士参与的论证会超过 100 次，参与设计的专家学者超过 1000 人次。其中包括像吴良镛、周干峙等 6 位院士和张锦秋、崔恺等 6 位建筑设计大师。这是中国城市建设史上的一个奇迹！经过多方考察论证，只有北川县安昌镇东南 2 公里处最适合建新县城。2009 年 2 月 6 日，民政部同意将安县的安昌镇、永安镇、黄土镇的常乐、红岩、顺义、红旗、温泉、东鱼 6 个村划归北川羌族自治县管辖，并建立永昌镇。北川羌族自治县人民政府驻地由曲山镇迁至永昌镇。

北川新县城依山傍水，宽阔清澈的安昌河穿城而过，如同乳汁滋养着两岸的人们。这正是大城市的特点，有了水，便有了灵气与韵味。沿岸是景观休闲带，种植着桂树、银杏等，绿树成荫。真是一座美丽的城市。正如温家宝同志说过的：时间证明，北川异地重建是正确的。

我们沿城区转了一圈。主城区的骨架为两条环状的主干道。宽阔的永昌大道为双向四车道，沿线能看到有行政办公楼、行政服务中心、北川中学、老年活动中心、图书馆、文化馆等。另一环路为新川路，沿线是商业医疗服务带，有北川人民医院、中医院、疾控中心、永昌一小等。

新县城内共分城镇安居、公共服务、基础设施、生态绿化、文化旅游、产业园区等 6 大类。新县城水、电、气等能源供应、医疗卫生等基本生活体系完备。学校、医院、广电大楼、水厂等新县城的公共设施和基础设施已经开始启用。目前已具备城市运行条件。我发现，连路边的指示牌甚至垃圾筒都已配备完全。大型居民区有两片。具有羌族传统特色的新居民楼整洁明亮，已完成基础装修，水电气均已接通，受灾群众搬来家具即可入住。

街道沿用着老新县城的名字，如尔玛街、石泉街等。山东人说：北川新县城不能留下山东省的名字，援建是应尽的义务。无私的精神令人感动。

特色商业步行街

禹王广场倚着安昌河。一端连着禹王桥，一端连着特色商业步行街。竣工交接仪式刚刚举行，步行街建筑物上还挂着标语。街口矗立着巨大的牌坊，顶檐上挑，两边是高高的雕楼，极具羌族特色。各路商家还没进驻，街上时有行人在走动。

羌族特色商业步行街独具一格。商铺结构为框架式，多为三层，也有四五层的碉楼，屋顶采用平坡结合，相互穿

永远记住这一刻

插，整体看上去高高低低错落有致。建筑材料采用片石和原木，色彩呈现出浅褐色，其间点缀着棕褐色，朴素协调，充分展现了羌族特色。羌族特色商业步行街有一条主街和两条附街，以地域民族风情为主题，以民族民俗手工艺展示为特色，功能完善，设施齐全，集购物、餐饮、娱乐等功能为一体，是北川新县城的一张“城市名片”。

羌族特色商业步行街是山东省援建北川新县城的十大标志性项目之一，是北川新县城景观中轴线和步行廊道的重要组成部分，也是集中体现传统羌族风貌特色的重点区域。据介绍，商业步行街的建筑面积 7 万平方米，投资 2.5 亿元，分东西两段，东段建筑面积约 3 万平方米，由 12 栋单体工程组成。西段及禹王广场，建筑面积 4 万平方米，包括 15 个单体建筑，3 个碉楼。禹王广场地下为停车场和人防工程，建筑面积 3512 平方米，地上广场为 1 平方米。这一现代服务业项目将增加就业岗位 4000 多个，实现近 10 亿元的营业收入。步行街于国庆节前后正式开街迎客。

如果说步行街独特别致，对面河上架着的禹王桥可以说雄伟壮观了。大桥跨度有 204.2 米，宽为 12.6 米，两端建有雕楼。桥分上下两层。登上桥楼，安昌河穿流而过。碧水蓝天，长河落日，真是休闲的好场所。楼下是宽阔的走廊，两边有商铺，卖些羌服羌绣等文化商品。廊桥装饰着羊头骨和白色，也就充满了羌族特色。

桥名令人感慨。英雄大禹常在这一带活动，当地人认定他出生在这里。大禹治水，三过家门而不入，传为佳话。今人震后治灾，也谱写了曲曲赞歌，同称英雄。

桥只能步行，走在桥上，触景生情，也是廊桥，想起刚刚发生在这里的一段故事，不是恋情，却比之更为真实，更为感人。

刘涛和赖英是一对儿恩爱夫妻，同在山东青岛东方监理有限公司工作。2009 年初生下一女，9 月份刚满 5 个月，还没断奶。刘涛报名参加援建，

民族特色步行街

步行街广场商铺林立

禹王桥

赖英报了名，感情很好的夫妻吵了架：

女儿才 5 个月大，奶都没有断，你为什么要跑去北川受累啊？

北川援建是大事，你去为什么我不能去？女儿今后长大了也会理解我的选择！

相持不下，两人只能同赴北川。女儿托付奶奶抚养。

两人负责的项目正是禹王桥。来后他们没有跟任何人提起过女儿的事情。2010 年春节，刘涛和赖英选择留在北川过年，把回家的机会给了同事。直到中央电视台焦点访谈栏目“新北川 迎新春”节目中采访播出时，大家才知道这对儿夫妻将小女儿独自放在数千里之遥的父母家。

赖英说：“我们只能通过电话听女儿的声音来解思念之苦。女儿其实根本听不懂我们说的话，而我们能听到女儿声音就满足了。当第一次从电话里听到女儿会叫‘爸爸’‘妈妈’时，我们眼睛一下子红了，恨不得立刻回到女儿身边。”

刘涛经常从各个角度给禹王桥拍照，这是为女儿准备的，要让女儿知道这座美丽的大桥是青岛为北川建的，将来也要带她来北川新县城，让她看看这座大桥，看看这个由山东人援建的美丽县城。他和妻子不是合格的父母，但他相信自己对得起“青岛援建者”这一光荣称号。

不倒的学校

北川中学在大地震中遭受到毁灭性灾难，备受世人瞩目。温家宝同志曾 8 次看望过该校师生，并在黑板上写下了“多难兴邦”。援建自然也是重中之重。2010 年 8 月 17 日，新学校“金色的钥匙”经过建设单位、中国侨联、绵阳市政府、北川县政府传递后，交给了北川中学，时间仅 1 年多。9 月 1 日，新北川中学如期举行了隆重的开学典礼。至此，北川需要重建的 40 所学校、幼儿园的 50.7 万平方米新校舍基本完工，全县 3.7 万多名学生全部搬进新校园。每个学龄孩子都有了属于自己的位置。

新北川中学是北川新县城的标志性建筑之一，由中国侨联援建，总投资 2 亿元，设计建造曾吸引海内外侨胞、港澳台同胞及社会各界的关注。

项目启动后，香港大学、清华大学等顶尖设计团队纷纷提交设计方案，经过 12 次专家集体论证，设计蓝图才最终敲定。

学校占地 225 亩，建筑面积 72000 平方米，可容纳 5200 名学生学习、寄宿，并拥有千人会议室及初、高中两部分教学楼。抗震烈度按 8 度设计。为保障学校安全，施工人员在桩基施工过程中，每隔 1.8 米就打下一根 8 米高的桩，整个建筑累计打桩 2000 多根，每单位立方米消耗钢筋达到 60 至 65 公斤。桩基打得比楼还高，就像古树生根一样紧紧抓住楼体。人们的意愿和决心，就是要用最快的速度和最好的质量，把北川中学建成一座“不倒的学校”。42 岁的羌族人罗成忠见证过北川新县城的质量：密密麻麻喔，钢筋密得鸟都飞不过去。

走进新校园，犹如打开一卷美丽的水墨画，建筑以黑灰色为主调，中

美丽的新校园

间加入了具有羌族服饰特色的红、黄、蓝、绿、黑五种颜色，美丽而不张扬，平凡而不平庸。

1 号教学楼内，一层的大部分区域被辟为陈列室，展示着地震中北川中学遭遇的灾难和灾后重建的大量图片。楼外西侧的纪念广场上矗立着一面流线型纪念墙，上面镌刻着为北川中学重建而捐献善款人的名字。

绿色是学校的主打颜色。绿色的草坪、绿色的树木、绿色的塑胶篮球场……男女生宿舍的楼下都设有一间心理辅导室，透过敞亮通透的阳光房，随时都可看到那片片的绿色。

学校的建筑考虑到了多种因素，楼不高，普遍 3 至 4 层，每栋建筑都设有紧急通道，有利于疏散，保证师生在 20 秒左右到达室外空场。教室外的走廊开阔，有 3 至 6 米，避免拥挤。平时课间，学生不用出教学楼就可享受到新鲜的空气和阳光。地震中右腿被截肢的学生郭冬梅说："现在新学校每栋楼都有残疾人专用通道，可以坐着轮椅，轻松地从教室到图书馆，再到宿舍……"

聚宝盆工业园

民生是震后需要解决的更大问题。从农村走向城镇，祖祖辈辈靠山吃山的老百姓靠什么生活。新县城的设计者从开始就在筹划排解难题。

新县城南的北川—山东工业园，让北川人寄予厚望。园区占地 1.4 平方公里，已经完成全部基础设施的投入，总投资 19.33 亿元。落户引资企业 33 家，目前已有 17 家企业竣工进入试投产，年底前将全部实现投产。目前已形成电子信息、机械设备制造、食品药品加工、纺织服装、新型建材等五大产业发展重点。园区全部投产后，每年实现产值 30 亿元，利税 3.5 亿元，是老北川的 3 倍，从而实现北川产业转移，成为支撑经济的脊梁，预计可以安排8000人就业，为新县城留了个“聚宝盆”。

园区内，一条条宽阔平坦的柏油路将企业隔开，块块相接，每块内厂房林立。北川丰煜食品综合出口加工有限公司便在其中。他们看中了北川农副产品的资源，专门从事无公害土特产、农副产品、科技研究、基地种植、产品深加工、进出口销售于一体的科技型项目。公司与北川的桂溪乡镇、擂鼓镇、通口镇通过“基地加农户”的模式，建设了9000亩魔芋基地、万亩猕猴桃基地。目前，魔芋面条等绿色食品已正式投产。项目的建

绵竹新居绘有年画

绵竹民居

设，将对北川产业结构调整、农民增收起到巨大作用。

北川茶叶曾闻名于世，茶农占全县人口近三分之二。地震后，10 万亩茶园大半被毁。山东羽琨茶叶公司决定把企业转移，落户北川，斥资 6800 万元。北川原来也有羌山雀舌、俏泉、五星、自然天堂、禹露 5 家茶企，有个形象比喻“有指头无拳头”，形不成规模。这次北川将 5 家茶企“打捆”准入北川工业园，与北川羽琨有限公司一并组成茶产业园。不少业内人士充满信心：北川茶产业将迎来春天。

产业援建是山东援建北川五大任务之一，本着输血与造血相结合、短期援建与长期援建相结合的原则，高起点、高水平、高标准建设一个北川新产业体系。山东建设的鲁援建材厂将全部留给北川县，包括鲁援建材厂、鲁援砂混厂等。这些企业经过 1 年多的运营，有了一批技术熟练的工人，有了成熟的管理经验，有了稳定的客户资源，很有前景。

园区对北川人充满了吸引力。地震中丧女的羌绣女贾德华说得好：“有份工作，生活变得美好，就像自己的骨头上长出新肉。”

吉娜羌寨

沿着山路，经过“大禹故里”的牌坊，远远便看到了山坡上高高的羌族雕楼和一片羌式民居，便有了“云朵上的民族”的感觉。一面面“羌”字彩旗迎风招展，那就是吉娜羌寨。吉娜，羌语为“最美好”之意。

走在弯弯曲曲的青石板小路上抬头望去，民居紧邻，外墙漂亮，贴的是青石片，古朴美观，听说内里的建筑结构是钢筋水泥，非常结实。羊头骨饰品和房顶上的白石头极具羌族文化特点。寨子开阔地上还建了小广场上。广场周边有原木建成的商铺。

地震中寨子遭到重大损坏，71 户村民房子有 69 户需要重建。这是全

安详的羌寨老人

羌寨民居

省开工最早、入住最早的寨子。全村农房只用了 5 个月便建完，于地震当年的 12 月 26 日搬进新居。有村民亲属也搬过来。寨子依山傍水，样式上保留了羌式风格，交通也便利。村民在广场上载歌载舞，度过了灾后第一个春节，氛围格外热烈。之后每天晚上，村民都要在广场上跳羌族传统的锅庄舞。大家的精神振奋多了。

村民可以搞旅游、打工，也可搞羌绣等手工艺品。今后这里是旅游集散地和生产加工地。商铺是一间间的，里面的货物琳琅满目：袖珍绣花鞋、背包、牦牛角梳、手镯及各种饰品，极具民族特色。细览才知，皆因有了羌绣和当地手工，也就排除了那种司空见惯的旅游通用品。村民在这里摆摊设点赚点儿生活费。同行人大多挑选购买了商品。不仅因为到了灾区，商品确有特色。一种大绒面料的背包，黑色上绣着艳丽的花朵，配色对比极为鲜明，深得喜爱，即使是穿着讲究的年轻女士背起来也会增色，致使很多人用它做道具，背着照相。

李家蓉是商铺的主人，看上去有50来岁，抱着孩子做生意。跟她攀谈起来。回答说："孩子6个月，是孙子。儿子当厨师，在那边镇里做饭；儿媳跟着一起跑堂。一家人生活在一起。这里的生意不太多，但每天都能走些货。"

沿着街道往深处走，一位羌族老奶奶坐在门前竹椅上。我伸出大拇指和食指比画着问："您80多了吗？"老人有些耳背，没太懂，也伸出手让我看，整个手掌没有了，只剩下手腕。她说了几句，口音太重，没能听懂，我想应该是在地震中砸掉的吧。不论怎样，我心头一紧，没有了问话……看着老人那安详平和的神态，又多少放松了些，庆幸老人能够逃离灾难，如果是的话。

村民家多是二三层的小楼。走进一家，一楼是门面，并带有厨房，多是崭新的厨具的煤气灶，可以搞餐饮。二楼有大客厅，布置了沙发、数字电视、宽带上网，厕所安有浴霸。还有四间房，居住或接待可以自由安排。女主人唐琼秀说："农房重建，改变了生活，让我们一下步入了城里的人的生活。"

她高兴地的表情让我感到："村民生活的品质前进了一大步。"

世人瞩目的中国羌城

设想终于变成现实。一座基本具备城市功能的北川新县城站立起来了。自10月开始，新县城将启动入住工作，年底前会有4万人入住。北川是我

映秀民居 羌族风格

重建映秀

国唯一羌族自治县。这座新城有人起了一个响亮的名字：中国羌城。

灾后城乡住房重建，按照“安全、宜居、特色、繁荣、文明、和谐”的原则，坚持科学选址、规划先行。在认真做好震情、灾情评估和地质地理条件、资源环境承载力分析等基础上，遵循“避开地震断裂带、避开地质灾害隐患点、避开行洪通道”的“三避让原则”，确保选址科学、安全、可靠。

北川新县城的规划强化了羌族风貌，在城市设计上延续了羌民族依山傍水的选址布局特色。新县城还通过羌族民俗博物馆、羌族非物质文化遗产传习所等一系列文化遗产保护工程，传承羌民族文化。

北川新县城重建分三步走：第一步，2008 年至 2010 年，完成人口安置，启动基础功能和工业园区建设；第二步，2010 年至 2015 年，集聚人口，进一步完善功能和彰显特色；第三步，2015 年，提升城市地位和形象建设，拓展功能辐射周边。根据规划，北川新县城 2020 年用地规模将达到 7 平方公里，人口将增至 7 万，是北川老县城的 3 倍以上。

国务院参事、国家减灾委专家委副主任、国务院应急管理专家组组长闪淳昌认为：科学重建的关键是科学规划。新县城的建设结合了传统的羌族文化特色和现代建筑技术，体现了对少数民族文化的尊重。北川利用重建契机，传承且发扬了民族文化。

冰岛大学地震工程学研究中心教授西格布约翰森认为：北川新县城不仅选址规划科学、合理，而且羌族特色的建筑很漂亮，有特色。建筑是有生命和文化的，四川将灾后恢复重建和传统文化的保护结合得很完美，这对世界各地小城镇的建设很有借鉴和启发意义。

一座城市、一个学校牵动的是世界人民的心。大灾之后的北川，正在脱胎换骨，如同神话，凤凰涅槃！

二辑　我在平原

云梦观瀑

▪ 唱响太行

太行山，无数次听过，唱过，也多次看过。那雄浑壮阔，壁立万仞，极富形象特征，丹青高手借连绵群山，小作勾勒，一面高大挺拔的人墙便跃然纸上，有血有肉，钢铁一般，宛如长城。

远途跋涉，时间长久，恍惚中看着车窗外，路标提示着位置。断续中偶然看到娲皇宫，曾经读过“炼石补天，抟土造人”，原来女娲取自这里的石与土，创造出了古老的神话。此地历史悠久，有着万年，甚至几十万年的仰韶文化。这里还有美丽的自然风光，五指山神奇曼妙，传说孙悟空便压在此处……

凌晨时分，甫一下车，一股清新的气息扑面而来，里面夹杂着树的味道，花的清香，提神醒脑，立刻从迷离中挣脱出来。四周黑黝黝的，像有遮挡，什么也看不清，而嗅到的一切都在提示着，进了山区。这次京津冀百名艺术家志愿者赴抗战圣地服务采风，再次来到太行山。

此地称涉县，汉代即设，因漳河环在山前，需涉水而过，故得此名。此地有红土岭，而称赤岸村。八路军当年敌后抗战，跋山涉水，远道而来，一二九师司令部便设在这里，是否也是看到了此岭此村此名，而停下脚步，

刘伯承、邓小平、
赖若愚宿办室

一二九师司令部

不得而知。听当地人讲，这里的形置非常好，背靠大山，面朝漳河。敌人若要进攻，后面有绵延千里的太行山；若想出击，又可杀向平原，打击敌人。响堂铺伏击战就发生在附近，仗打得漂亮，共歼灭日军400余人，击毁汽车180余辆……切断了鬼子自山西长治至河北邯郸的运输通道。

赤岸村建在山坡上，房舍依着山势，皆为白墙灰瓦，很有建筑特点。街道利用当地材料，铺就出石板小路，结实长久，又防止了山水路滑。房子依坡而建，有的地基也用石头垫起，形成石墙，颇具地方色彩。村里存有老房子，用黄土做灰抹的墙，时间更显久远。当地人说，村子建在山上，先人经过选择：地势高，防止山洪水淹；山区地少，不占用耕地。

一二九师司令部驻地原是个地主院，面积很大，几个院落组合，高低错落，形成建筑群。20世纪80年代以后陆续维修，形成现在看到的样子。司令部是个宽敞的四合院，有刘伯承单独办公室，参谋长李达等人均是住宿与办公合一，称宿办室。正房是师部指挥所，墙上的作战地图已经泛黄。院里的丁香和紫荆树分在左右，粗大壮硕，这是刘伯承、邓小平亲手种下的，长势正旺。

刘邓旧居在西坡上，是个两进院落。二进院里，南面地势高，是上房，间量大，为师部作战室。室内墙上挂着一二九师参加正太战役形势图。北房是刘伯承宿办室。东房是邓小平宿办室。西房是赖若愚宿办室。东西房为二层，阁楼不住人，只放粮食等物品，不建楼梯，偶尔上房取物，临时挪用木梯，节省了材料，增加了住房面积，体现了当地人的生活理念。院子一角，设有彭德怀路办室。彭总过路至此，指挥作战，留出住宿之处。一进院里，还发现了房东的住房，两明一暗，这是院子主人的住处。房东曾与刘邓等领导同住一处，和谐相伴，看来还很开明。

大门外的白墙上，毛笔写着中国土地法大纲，黑白分明，极为醒目，土地改革在这里深入人心。农民得到了土地，极大地调动了革命与生产的积极性。相邻的弹音村曾是晋冀鲁豫边区政府所在地，负责整个边区的行政事务。边区统一了度量衡，使这里的物资流通正常稳定。赤岸村一二九师陈列馆里，能看到减租减息布告，边区使用的纸制货币等，珍贵的文件档案资料证明，这里已为成熟的抗日根据地。

周围的村落还有广播电台、通讯社、报社等旧址，为中央人民广播电台、新华通讯社及部分人民日报的前身。前南峪建有抗日军政大学。这里培养出了几百位将帅，有声名显赫的秦基伟、刘华清等。最为熟悉的还是因连续剧《亮剑》而广泛传播的李云龙，原型是王近山，骁勇善战，打起仗来拼命，有人给起了个绰号“王疯子”，成为共和国中将。

刘邓旧居

赤岸村遇见一位老人叫张水来，91 岁，是名老八路。问起过去的往事。他说曾给邓小平喂马牵马，跟随部队转战南北。新中国成立后回到村里，青春年华已过，没能成家，至今还是单身一人。看着老人的形象，上身藏蓝布衣，更显出脸上的黑瘦，没有一丝多余的脂肪。心灵不觉为之一震，老人贡献了青春，消耗的不仅是身体，还有一生。太行人就是有这种精神：执着、韧劲，百折不挠，不达目的决不罢休。古时太行山有愚公，搬山不止；现实有红旗渠，水绕太行；至今这种精神还在许多县乡村持续着，涌现了感动中国的人物事迹。太行人的精神正与抗战时的一二九师精神相吻："不怕困难，不怕牺牲，勇于斗争，勇于胜利"。

涉县人民贡献的太多，史料记载了不完全统计：曾出动担架数万副，大小车数十万辆，牲畜不计其数，把"最后一碗米送去做军粮，最后一尺布用来缝军装，最后的老棉被盖在担架上，最后的亲骨肉含泪送上战场"。场面感人至深。涉县党史办主任李书味说："那时全县人口 14 万，参军人数就达 16000。"每个村子都有红色遗址，每个沟坎都能找到动人故事。一二九师东渡黄河时只有 9000 人，6 年后离开太行山时，带出去的是 30 万人，成为威名远扬的刘邓大军。

刘伯承逝世后，遵照遗嘱，遗骨埋在了赤岸村的庙坡岭上，入土前，特意在宿办室供奉。时任政治部副主任的黄镇也说，生前追随元帅，逝世后也要伴随回归太行。之后的李达、王新亭等众多将军也埋葬于此。此岭改称将军岭，丰碑上的三个大字由邓小平亲笔题写。

"母亲叫儿打东洋，妻子送郎上战场。"此时唱响太行山，已不再是那一首，深沉有力豪迈的节奏，又增加了内容，"山高林又密，兵强马又壮"，太行精神多了奉献，丰富了内涵。追溯太行人的潜质，不禁想到了女娲，炼石抟土，需有多大的精神支撑，才能成就补天造人的惊世壮举。一方水土一方人，山水即性格，若把太行精神绘成画面，同样会是浑然天成。

樟子松的故乡

八月末两天，遇上秋老虎，北京闷热异常。而漠河已是深秋，加上绵绵阴雨，有如进入初冬。饱带干粮热带衣，有备而来，还是超出意料，临行时觉得多余的毛衣已无暖可保，冷风透心。北极村电瓶车司机穿着羽绒服，令人羡慕不已。

东北的冷并不陌生，茫茫《林海雪原》，没膝深的大雪，凝固在幼时的记忆。而那里不过是牡丹江一带，漠河还要向北，连哈尔滨人也说，不敢轻易找北，那里太冷了，耳朵会冻掉。这不是妄言，不需多，外面冻 5 分钟，一拨拉就掉。此时不要说动，手捂都不行，只能用雪搓。女孩子出门没穿够，回来能冻哭；口罩结霜；睫毛上开出冰花。以前，过冬的棉裤，厚得能"站"起来。

最冷的气候，当地人叫"冒白烟"，天地间雾蒙蒙一片。冰天雪地，仿佛空气中还有潮气，存有热量，凝出雾气，犹如夏天剥开冰棍，吸来热气。这种天气，一般也要在零下 40℃以下，1969 年最低，曾达零下 52.3℃，老人和孩子不敢出门，外地人更难适应，应了那句老话："少不去南，老不去北。"

漠河县城夜色

漠河县城内烧过的樟子松

鄂伦春人习惯于这种环境，在茂密的白桦林中打猎，在清澈的河水中捕鱼。桦树皮是最好的材料，划开桦树，整张的皮便自然剥开，可以盖房做船。世世代代生存，形成风俗，女人坐月子，男人不能进屋，也不能生火，从子孙的血液中涌动着对寒冷的抵抗。幼时唱过一首歌，旋律好记上口，如同儿歌，只是改了歌词，变得庸俗。后来才知，原词正是描写鄂伦春人生活状态和勇敢的性格。

气候冷，植物的生长速度慢，产量少，质量高。大米灌浆时间长，粒粒饱满，口感极好。大豆格外香，如同油里浸泡过。倭瓜也与异地相反，皮软肉硬，有咬劲儿。几样菜蔬与切成段的苞米放在一起，稠乎乎一大碗东北乱顿，飘散出黑土地的芳香，让人生出无限感慨。

大兴安岭美丽富饶，收获的季节叫采山。山上长满了黄芪、灵芝、蓝莓、不老草、野生姜。蓝莓营养价值高，含有天然抗氧化成分，更是受到人们的追捧，价格一路飙升，漠河自由市场上，小小一桶就能卖到 100 元。

美国有旧金山，澳大利亚又发现了金山，而漠河连低洼处也是宝藏。北极村路边有一雕塑，中指与拇指间夹着天然的金块，这不是夸张，而是在附近的河沟里发现了金矿。1877 年，一位鄂伦春老人葬马掘穴，在老沟河底捞起一把河沙，闪闪发光，竟是金砂，后来鉴定，含金量达到 87.5%。于是一批又一批的淘金者涌入，到过上万人，仅 1883 年至 1884 年就采金 21.9 万余两。从此，这条河沟有了老金沟的名字。

朝廷格外重视，1888 年 10 月创办漠河金厂。清政府派遣的李金镛很会经营，清廉办矿，1889 年老金沟的黄金开采就达到 20000 两。除去上缴，李金镛想把剩余的金子献给朝廷，又怕路途中被截留，便铸成大锭，交给地方官转运京城。李莲英见金锭，将剩下的又切去一半，献给慈禧。龙颜大悦，先是一语点破：“这金锭原来比这要大得多，被人层层剥了皮。”李莲英吓得连忙说：“奴才查查。”慈禧又缓和下来说：“不必了，世人哪有

新县城的雕塑

不见金眼开的。这块金锭就留下给我买胭脂吧。”老金沟又有了胭脂沟的美名。

印象中的东北，多长松树，品种很多。漠河的土壤薄，下面就是岩石，许多树木不好生长，200 年的树算是高龄了。而樟子松却能适应，长势也好，所以人称漠河为樟子松的故乡。同是松树，樟子松却有所不同：树干，下面为深褐色，上面似乎暴开脱落，露出黄色，当地人赞誉为美人松。开始眼拙，没看出特别，仔细端详，体会出韵味：真像高贵女子，穿着黑色长裙，身躯挺拔修长，枝叶疏朗，需仰视才能看见体肤。

虽是故乡，并无大片茂密的森林，只在漠河县城一角，存有几百棵樟子松。树林中，忽发现一棵枝杈全无，一身黢黑，令人马上想起那残酷的时刻，曾经肆虐的大火，几小时就把漠河县城化为废墟。世界永远记住了一九八七年的五月六日。

举国焦急！有组织的冲，3 万多名灭火人员奔赴灾区；没组织的也冲，向着最北方，向着燃烧着中国人心的火线，其中不乏新闻工作者，都想在第一时间赶到火灾现场。客车满员就钻进货车，“铁闷子”里挤满了人。奋不顾身的女记者，及至列车开动才意识到行动不便。此事本身成为新闻，后来还引发生产相关产品的热议。

“五 · 六”火灾纪念馆复原了火灾时的惨状。大火熊熊，在那“悲惨瞬间”，县城人从房间内拼命逃生，有的来不及，被大火吞噬；门出不去，就从窗户爬，有的还没翻过去，就定格在窗上。火海中，200 多人没能逃生。求生的人们向水边跑，跳进大林河，才躲过灾难。提起这条河，县城人充满了崇敬与感激，把这条河称为救命河，还称为母亲河，那是对重生的赞美。

疯狂的火焰，几百米宽的防火带都能跨过去，居然存留下一小片樟子松，令人不可思议。火中存留的还有清真教堂、厕所和坟地，于是人们有了种种猜测和传说。松苑门口有一块卧碑，碑上的《松苑记》做了记录：“松苑不烧，因吉祥之地，火魔不忍也；清真寺不烧，因真主威仪，火魔不敢也；茅厕不烧，火魔不屑也；坟地不烧，因鬼魅同宗，火魔不犯也。”人们把这块风水宝地围起来，称为松苑，保存着这片樟子松，如同保存了县城的命脉。

灾后建起了新县城，中心有一雕塑，两根细长高耸的柱子，顶上有颗星星，都有“北”字的影子，抽象出最北方城市“腾飞”的愿望。而我总觉得像两棵光秃的树干，直指蓝天，那是烧过的，涅槃后的，樟子松。

大火刚灭，有“专家”称，要防大疫，不能相互传染，于是把烧过的树木砍伐了。谁知第二年，一些没来得及砍伐的树木长出了枝芽。复活了！人们惊叹之余又再次惋惜。

大兴安岭五分之一的原始森林遭到毁灭，国人心疼，很长时间议论着这个话题，也引出种种臆想和猜测，招惹谁了，遭受这么大的损失……

火灾纪念馆特辟了展台，偌大空间仅放小小一物：大火不是天灾，是一只随手扔掉的烟头。

湖畔金花

金海湖悬棺，玄了多年。

曾关注过金章宗，那是个爱玩的皇帝，京西留下诸多足迹，所到之处，保留至今，成为名胜，燕京八景即为首创。之后各地多有仿效，总结名胜，必出八景，似为趣事。其实金章宗也常去京东游玩，增了打猎内容，留下看花台、望马台、发箭台等，从这些遗迹名称就能得知，不像纯粹的打猎，也不同于后金清朝辟出南苑狩猎练兵，准确地说，应为游猎。

悬棺与他相关，俗传有个女儿，为金花公主，生得聪明伶俐，容颜姣好，常陪父亲游猎，只可惜豆蔻年华，香消玉殒，与世长辞。墓在马家庄，两山相抱，自崖口处凿出石穴，深不可测，以四铜环悬起棺木，再引海子之水流入其内，做金井玉葬。

悬棺景象，南方多有，江河两岸，陡峭崖壁上悬挂而起，令人难以置信，有些成为不解之谜，当年没有现代起重设备，如何安置于上，叹为观止。而这种方式在北方少见，金海湖悬棺，据古人说，只是泛舟水上的捕鱼者中有人见过。

此地正为山间，有水川流其中，古称海子，现今临近村落也沿用其名。1959 年拦起大坝，最初称海子水库，之后不断扩建，才有了现今这个美丽的名字，依然留有海的开阔。当地人传说，修建水库时，民工在石穴中拾到了金簪一根、红缨一束，还称那是公主的遗物。

金海湖并不陌生，亚运会开幕前去过那里绿化，种苗皆是火炬树，想要在秋季竞赛之时，岸边点燃一片火红。20 多年过去，金海湖有了太多变化，湖上建起蹦极，搞出多种娱乐项目。山上建了宝塔，与昆明湖借景造园相仿。平谷，因周围有山而得名，气温略低。初春时节，树枝苞芽尚未萌动，湖面还有未解之冰。正值清晨，迎着阳光，望向湖面，一片金黄，泛起暖意。湖水实至名归。

岸边筑起高台，上有雕像，一年轻女子，容貌美丽，身着戎装，骑在马上，左手拿弓，右手执箭，面朝西方。石栏上有碑，称这就是金花公主。台子四角各站一金兵，与真人高矮相仿。莫非金花公主就葬在这里，正在猜测之际，一老者走来。问出困惑。说下面就是崖洞，水深 20 多米，悬棺在半山腰。一人口述，很难确认，也知道他不是当年的渔者，不曾见过悬崖上的景象，仍能相信，这是多年来当地人的认定。

悬棺究竟何样，悬在崖边还是洞内，洞穴何以凿得那样深，还让河水流入其中？悬棺无人见过，古时也只有打鱼人偶有发现，选在此处殡葬又以这种形式，为了安全隐蔽不易发现，还是不便运送以此地为纪念？洞穴是否就在这个位置，只有潜入水底，才能探知究竟，若将湖水放干也能水落洞出。金花公主是感染疾病，还是在游猎中遇到不测，以致年纪轻轻便撒手人寰。由此演绎出传说，诸如种出桃树，反抗强盗，奋勇牺牲，成为英雄，铸出雕像，以示纪念。无论怎样，公主成为美的象征，善的取向。

沿台梯向下，走到岸边。湖水清澈，微风吹来，涌起层层波纹，冲洗着岸边山石。湖边堤坝附近，多有人工建造，独此处能看到山石？想着没

日出金海

金花公主

蓄水前，应是高于周围的山峰，送葬者定然精心，选择了风水吉地。山石也有特点，经水浸润，颜色暗红，与旁边的冰雪相映，形成鲜明对比。于是在想："石红原本就有还是经过了血的浸染，冰雪是湖水自然凝固还是纯净洁白的写照，或是相互结合有意在此时显现，幻化眼前。"

看着宽阔湖面，想着若蒸发去千年水分，群山之中，能聚出海子，也是一段大峡谷，正是古人用兵之地。老人说，你看对面那片山叫锯齿拉。穆桂英打仗走到这里，一听山名，立刻弃马而走，保住了性命。战马留在此处，头化作山峰。穆与木谐音，怕被锯倒，英雄也有忌讳，犹如落凤坡，让三国刘备的谋士凤雏遇难。举目细看，高低相近的一溜山峰，犬牙般伸向湖面，果然像把手锯，一排利齿，划向天空。

金章宗有无女儿，并无确切记载。历史多记皇子，金章宗共生有 6 个儿子，都在 3 岁前夭折，照此说来，应有女儿。如若金花公主是之一，也就很有戏剧性，是父亲当作男孩儿带养，还是生来就有男儿性格，随父游猎，箭术出色，得到喜爱。倘若身体健康，又常习武，是否能在以后的疆场上成为出色的女将军。

群山峡谷，多有要道。明朝视为边关，在这一带建起关口城墙，为京城一道防线，阻挡北方的威胁。兵要地理，古人皆知；元人渐强，觊觎南方。金章宗身为国君，不会一无所闻，京东娱乐，偕公主游猎，弯弓之际，是否还会想着一箭多雕。

缥缈云梦

多次路过云梦仙境。

去怀柔最北端的喇叭沟门，河北丰宁、坝上草原，走延琉路去延庆，都有经过。到了琉璃庙，以致看到路口老者骑牛的塑像，就知道是了。可这么多年也没引起兴趣。京郊景区，多有这类名字，叫成神、幽一类，显出怪异，去过几处也就知道了用意。这次偶然，来到这里，并非受名字诱惑，而是京城二伏，暑热难熬，知道此时怀柔是好地方，可消夏纳凉，平和心态。

清晨离京，阴雨，特意带上把雨伞。到了怀柔，雨已停了。拐进路口，一路上山，峰顶下浮动起云雾，有了缥缈的韵味。北方的山，很少出现这样的景观，想着应了这里的“云梦”二字。到了下午，天空放晴，竟然现出蓝天白云，十分洁净，衬托出山形，煞是好看。想着京城若是放了晴，也会是蒙蒙蒸汽，不可能透明。问了当地人，说这是山里的小气候，且早上也没下雨。奇了。

京郊北部确实有小气候。20 多年前去过延庆龙庆峡，那日天气良好，下午时分，突然飘过一朵乌云，下起了大雨。时间不长，雨过天晴，出了太阳。密云有白龙潭，听朋友说过，潭上有寺庙，家里老人曾去求雨，很灵，还没回到家，雨就下了。其实，这都与山有关，气流多变，不是一般所能解释。与当地人说起此话题，又听到，别看天气晴好，明天早晨可能还会起雾，你们称为云海。这景象在黄山著名，此山也会有，喜好摄影的我，一下调起胃口，夜里上了闹钟，还是起来好几次。

凌晨4点，怎么也睡不着，隔窗看着天空，星星比城里多了不少，这是夏天，若是深秋，定然还要透明。趁着天黑，来到山顶，登上望京台。山谷里飘动着雾气，此时如同阴云，颜色黑灰。当地人说，看来真能看到云海了。

静候着……

盛夏之际，忘乎所以，只穿一件T恤出来，此时暑气全无，且感到了冷，不停地走动跳动，等待着，日出能带来几分暖意。天空现出鱼肚白，云雾也现出白色，飘来荡去，不停变幻，一会儿遮住山腰，一会儿挡住峡谷。这里与密云相接，那边山峰就是。山峰的后面，现出淡红，那里正是太阳升起的地方。终于在山尖上闪出一道金光，太阳出来了，来到的人几乎异口同声。不知究竟是哪种原因，每个人的脸上也泛起红光。这可能就是人与太阳的关系，虽然天天见面，也有酷暑难当，而一见到初升，便如同见到呱呱落地的婴儿，欣喜异常。

云雾不断飘来，越聚越多，迷漫了山峰，遮住了太阳，整个山峰与峡谷都被白色笼罩。雾气在脚下荡漾，恍如进入仙境，倘若得道，踩踏上去，也可云游，即使飘在此山，也是造化。

当地人说，这些雾气都是从峡谷中生出的。身在山顶不能看到，而能感到从山谷里飘出，远处山峰也有云雾，却不可能飘到这里。听研究过的人说，曾追寻着雾气溯源，恰恰是峡谷中的墨池生出。能追溯到峡谷已经不易，又能落到一个点上，真是研究透了，也可能是大自然的某种巧合。

望京台日出

云海

缥缈云梦

墨池在峡谷中的石壁，有泉水从山顶飞流而下，形成一条高悬瀑布，经过亿万年的冲刷，下面竟生出四周圆滑的坑，于是有了这个雅号。坑深水满，这要蘸饱多少支如椽巨笔。是瀑布搅动了气流，还是峡谷中有河，引出水汽，带来空气湿度的变化。本身就是个谜。

这里山峦起伏，沟壑纵横，泉水丰沛，这种现象多有。另处山势还高，瀑布还长，水流还大。奇特的是，山间有一洞，形成水帘。传说春秋战国时的鬼谷子曾在此居住，因此命名鬼谷洞。少年时便知鬼谷子，那时十分爱读《东周列国志》，虽然识字不多，又是竖排繁写，却被书里的故事情节吸引，爱不释手。读到鬼谷子教出了众多学生，都是著名人物：毛遂、邹衍、徐福各有故事；孙膑与庞涓，苏秦与张仪，两两相对，各为其主，或做军师，斗战术智慧；或做说客，展谋略口才，生出记忆深刻、难以忘怀的情节，多有章回，影响至今。那时曾想，这些人的聪明才智皆有赖老师的指点，那么鬼谷子又是何等高人，人物玄妙，远不如众多弟子鲜明生动，书中没有过多故事情节，也不知模样，又居住在深山鬼谷之中，之中的鬼字，使鬼谷子闪烁在神秘魅影之中。

这里在当年算得上是深山，两千多年前，也会有老林，水质甘甜丰沛，可以生存，具备隐居条件，现今有研究者认为，此地就是鬼谷。山上还建起了老祖宫，供奉着鬼谷子。两旁各有童子，一个手执指南针，一个手执量天尺，皆是先生发明。鬼谷子不单有思想，还懂技术。这两样东西在当年不得了。战争之中，不辨方向，就如无头苍蝇。同样，不知道边境国界、管辖范围，还会犯巨大政治错误。指南针至今已为世界所用，量天尺用于天象，最终在指地域测量，意义不言而喻。

这里有很多人对鬼谷子感兴趣。有人说，鬼不是指神秘，而是指智慧，不是有鬼机灵一词吗。心中顿悟，解开了几十年的谜团，却添了几分遗憾，说破了梦幻，失去了仙的幻化。

修水朱砂

刚踏进朱砂村，便被一抹夕阳感染。江南民居，灰白相间，此时已成金黄。褐色梯田托起黄色稻秸，更显灿烂。门前张张席子，晾晒的稻米撑出饱满的金光。主人正在地里忙碌，脸上挂着秋收的喜悦。溪水清澈，从脚下缓缓流过。近前绿树成荫，远处青山翠竹，冷暖色调搭配，好一幅江南山居图。

主人姓瞿，久居于此，几十代了。雪白的墙面泛出百十年的老旧暗黄。门上的字迹吸引了我，中间大门上写着“公共食堂”，不用问，这是20世纪50年代留下的印记。两侧门上分别写着“承先”“启后”，便觉深奥。原来邻近有处院落，曾是学校。主人说，这是族人瞿海门在清末民初时办的义学，培养了众多贫困学子。那时的小山村能有此事，刊称创举。果然，义学曾得到总统黎元洪的表彰和题写的匾额。

村子建在溪水两岸。连接有座石拱桥，潮湿使石面泛起青苔，时间又让青苔演变为黑色。古时修桥，多用木制，只因石桥造价太高，非官帑莫为。而此桥也是个人出资，更为罕见。桥虽小，题名很有寓意，石拱上刻出“步衢桥”。这与兴办义学异曲同工，对民众寄予希望。从这里走出，会是通衢大道，有着大眼光。

村东的建筑更为震撼，老屋连成一面，上下两层，一排五栋，各有名称：三重堂、上卫贤、下位贤、新屋里、洋屋里。砖木结构，经历几百年，风雨侵蚀出了沧桑。木材虽是软木，露出部分都有雕工，刻出多种纹饰图案，刀法精美。细心揣摸，还是看出了古人的匠心：穿斗式木构架，不用梁，而以柱直接承檩。房屋外部便能架起二层走廊。这是古时阳台，站在二层门前，通风换气，观看街景。几百年的民居留存至今，已成文物。

进入三重堂老屋，四合房围成小院，通称天井，用来采光和排水。屋顶内坡的雨水，从四面流入天井，这种江南传统的建筑方式，俗称“四水归堂”。迎面正房是大厅，高大宽敞，内里有足够的空间。中堂供祖，上方挂着红匾“德润花辉”，楷书金字，极为醒目，笔力刚劲，气势贯通，张弛有致，不同凡响。题头与落款能知，是清朝乾隆五十年二月，万承风恭贺瞿学清先生昆玉华居之庆。老屋的瞿主人说，万承风做过皇帝的老师，此地文化名人。山村之中，挂出宫中气魄的匾额，令人刮目。

瞿是村姓。大厅两侧挂着木制板匡，上书家谱，为瞿家四十四、四十五世孙撰写。仔细观看，上溯至东汉，瞿茂公任松阳太守，族人分布在南方多个省份。江西修水也有一支，九世祖瞿令奕迁至现今的黄坳乡朱砂村，繁衍生发，逐渐成为一时的名门望族。

盛赞着瞿祖的名望，且选择了山清水秀之地而居。主人很高兴，热情地递上一碗菊花茶。里面放有炒出喷香的芝麻黄豆花生糯米，咂上一口，香中有咸，心神一爽。细问才知制作的不同，菊花采下后，用盐腌制，颜色金黄，格外鲜亮。村里人备上一杯菊花茶，成为待客的礼节。修水人有句俗话：“老大娘三样喜：女婿、菊花、鸡。”不过她们把女婿叫成姐夫，也是一方风俗。

能得到主人的款待，非常荣幸，也就聊起了本地话题。江西古时多进

美丽山村

朱砂村老房子

士，为全国之最，不仅有名噪一时的高官，也出过贯通古今的文化大家。修水县历史悠久，渣津镇在商周时期便有城池，古称艾侯国，有着两千年前的“艾”文化。如今在那繁华城区，已很难找到遗存，恰是在这边远的山坳，还能留下完整的古村。主人兴奋地说，朱砂村已在 2014 年入选了第三批中国传统村落，古村得以进一步保护。古村是民族文化的根，日渐稀少，将成宝物，会引来众多爱好者，这要感谢祖宗。

主人很兴奋，引路来到街上。最为突出的是墙上书写着大量的“文革”语录，几乎布满所有空白处，数量之多，超乎寻常，还有巨大横幅标语，能看出那个年代不同阶段。是因这里有白墙，还是与村里底蕴有关，在运动中不甘落后，体现出文化深厚。字迹虽已老旧，却擦之不去，已成历史。

三重堂老屋

村外溪旁，树木繁多，远远就望见粗大茂盛的古树，近看是香樟，已有 300 多年树龄。走向山坡，满山皆绿，林木中，还有更高树龄。树身上贴着标牌，有千年石楠、千年红豆杉，这是植物中的活化石，极为珍贵。不禁想起村子的历史，瞿姓一族来此居住，已有千年，留存的老屋也有几百年，历经多少代人，并没杀伐树木，而是与自然合一。至今满山的绿树涵养着村民，古树也成为古村的见证。

已是黄昏，回到三重堂。灶锅里冒出热气，女主人正在包哨子。这是当地最有特色的食品，以前逢年过节才吃，现在可以随时了。山芋粉做面，肉菜做馅，也可用糖。女主人娴熟，轻轻转捏，便成一只，上尖下圆，形状好看。出于好奇，便问哨子怎样写，还有别的写法，有“饣”旁加“召”或加“肖”。主人说，源于明代，朱元璋与陈友谅会战鄱阳湖。朱军战败，伙夫把煮熟的山芋和菜卷起逃跑。后来哨兵建议把菜包入芋粉里，蒸后再食，味道很好。士兵问这是什么？伙夫感谢哨兵，顺口说叫哨子，于是传开。资料上有说，源于大禹治水时，只吃野山芋，把肉留给百姓。于是百姓包出了这种食品给大禹吃。此时吹响集合哨子，于是得名。同行的修水作家另有解释，源于更古老的生殖崇拜。哨子一定有馅才能撑起，包入肉菜香，放入白糖甜，有如乳汁。沿着故事去想，南方多客家人，哨子是否也包含着中原文化。

宽敞大厅，方桌条凳。白炽灯悬在半空，光线被褐色的木顶与四壁的老墙吸收，亦如点燃油灯，现出昏黄。主人端过一盘哨子，香滑甜软，弥漫着浓厚的地域文化。这种氛围把人引向古时，几千年传统文化，影响着一代代人，山村也现出丰富与深厚。如今这份遗产还会荫及子孙，造福一方。古村已不仅属于朱砂。

寻古靖江

钟楼别样，井生四眼，不同寻常，引出兴趣。

大凡古城，钟楼多建中心，形制最高，晨钟暮鼓，传向四方。寺庙也多如是，钟鼓楼置于高处，不仅僧人，邻近人们也能听到。而靖江有别，钟楼平地而建，并不高大。探知究竟，并非因城，本为寺内建筑。寺名崇圣寺，江苏靖江地域最大，始建于明代隆庆三年（1569 年），崇祯十年（1637 年）重修，清代同治年间再修。而眼前，寺内建筑已无，只余此楼。

江南三月，春深似海。绿树拥住楼身，于婆娑叶间，先见飞檐外挑，想起古人描写，檐牙高啄，极为生动。走至近前，仔细端详，楼身呈四方形，楼门西向，周围杉木栅栏，有回廊环抱之意。门内正中有石碑一座，碑阳刻有观音像，手执柳枝，脚踏碧波，神采飘逸。碑阴刻有明代隆庆年间知县张秉铎撰写的《崇圣寺钟楼记》。楼有两层，钟当年应置于上。南北建筑有别，一层格外夺目，钟的印象并不突出。崇圣寺原名观音寺，是否与此有关，不得而知。

紧邻钟楼，有四方亭，顶似攒尖，建有短脊，两端螭首，雕有凤鸟、蝙

钟楼

蝠、二龙戏珠等吉祥物。亭依旧四角高挑，与钟楼相近。四面墙壁呈月亮门，有形而又通透，体现出江南园林的韵味。亭额上书三字，四眼井。亭内四口井仰面朝天，排成方阵。井上建亭，可为井口遮风挡雨，如此规模，也是少见。为何同位置打出四口井？原来还是一口，井内巨大，中间最大直径约3公尺，状如“绍兴酒罐子”。井口上收，用青砖拱成四个井眼，可同时吊水。

此地本为河道，唐朝末年现出沙洲，长江不断淤积，才渐成陆地。所以这里地下水位高，又较平稳，一年四季，泉水长涌不涸，清澈甘美，与北方辘轳打水不同，用井绳便能提水。井圈为青石，八角形，内侧勒出深深沟痕，那是被井绳磨出的印记。井圈光滑，留着温润的包浆，那是多少人反复摩挲，历经多少年才得以出现。想是这里的水好，才有那么多人来此打水，成为聚集之地。无论是用水高峰，还是天热大旱，民众定然很多，井旁列出队伍，依次吊水，一口显然不便，定是善人智者，想出此法，做

四眼井

成四眼，方便百姓。

井中至今有水，能从井口看到影子，若静静盯住水面，四个井眼中都能映出身影。不觉拿出相机，对着井口，照出自己身影，也算留下纪念。据说此井还有奇事，大喊一声，井中便轰然作响，回声四起。这因同为一个井壁，又有着相连相通的拱圈，声音传入井下，便如浪潮澎湃，呼声四起，与器乐原理类似。当时不知，没能验证，即使得知，也可能会因临近路边，车水马龙，影响效果。

四眼井在重修崇圣寺时建造，比钟楼晚了 68 年。靖江于明成化七年（1471 年）建县，从某种意义上说，这两处旧物记录着靖江沧海桑田的历史。看着神奇古井，内里状如酒罐，外面几个孔眼，又能出声，眼前出现埙的形状。这件古老的乐器，在现代与繁华的围裹中，浅吟低唱，内中韵味，可能会历久弥新。

靖江魁星阁

枕头山夜宿

从天池下来，太阳西斜。山上，成片的草已干枯，厚厚的，像铺着地毯，经阳光一染，变得更加金黄。随着海拔的降低，植物越来越茂盛。松树林高耸，密密麻麻。

路渐渐暗下来。

汽车在松林中行驶了很长一段时间，忽然从主路拐向一条小路，蓦地眼前一片开阔，便到了三池源。这里曾是金日成将军生活战斗过的地方。为了纪念，松林中开出一大片空地，修建了广场。广场的正中是金日成将军身跨手枪，手拿望远镜的塑像，全身金色，背后的松林、五彩的晚霞似帷幕，更映衬出雄伟、美丽。两边是大型组雕，表现当年朝鲜军民跟随金将军浴血战斗的场面。广场的一侧有一巨大的方碑，顶上是熊熊的火炬，下面的卧碑刻着朝鲜文字，记述着那段历史。

瞻仰毕，天色已黑，车再前行。路两边森林黑黝黝的。不知走了多远，车子突然一拐，就是枕头山宾馆，下榻此处。至于为何称枕头山，森林太茂密，无法看清山形。

宾馆大堂正中是金日成将军和金正日将军的画像。大堂一边是服务台，另一边是柜台，放着一些纪念品、邮册，对面挂着绘画作品，多为国画，也有油画。一作者坐在大堂里，是位女画家。她画的虎和山水很有气势。她会说几句汉语。问年龄，29岁。问价格，整张虎要1500元。再问几岁习画。她说："5岁便开始练习国画。噢，要不画得这样好！"

餐厅很大，放着十几张桌子。11人一桌，每桌11菜1汤，有5种菜相同。菜有土豆、明太鱼、黄花鱼、猪肉、白菜、黄瓜、鸡蛋等，还有像是荞麦面包着土豆泥馅的蒸饺。汤是大酱汤。服务员穿着红黄两色的民族服装，训练有素地上菜。

晚饭后，我走出宾馆散步。外面漆黑一片，松林像是巨大的黑洞，把宾馆窗口泄出的些许灯光全部吸收，人站在对面也很难看清。空气非常好，弥漫着浓浓的松树清香。我做着深呼吸，仰头观望。天空没有月亮，繁星

山上像铺着地毯

天池

风景如画

灿烂，许多不曾看到的星星露出了面庞。有一条长而宽的白色带子，是云朵还是银河？不能断定。

我不敢久留，宾馆人员说："洗澡热水只提供半小时。同室两人要交替好时间。"

来到房间，完全超出想象，宽大、洁净。门厅放着拖鞋，卫生间里有淋浴和浴缸。牙具要自备。洗手池旁只有一块肥皂。旁边有两个矿泉水瓶，装着自来水，为客人刷牙漱口用。这里用的可能是地下水，非常凉。标准间是两个单人床，中间床头柜。室内的电器都在这里控制。房间里有电视，只有一个频道，无遥控器。室内很温暖，没有暖气片，是地板供暖。地面铺的草席很别致，让人感到了朝鲜的习俗，可以赤脚在房间里走动，脚下不觉得凉。其他与中国的宾馆无异。这样的陈设让人感觉到中朝两国风格的融合。

心里想着天上那片白色，便走出房间。森林包围着宾馆，一些窗户的灯光已经关闭，外面更加幽暗。我再看天空，那条白色的宽带没动，依然挂在天空，像是飘起的缦缦轻纱，自北偏东一直到偏南，贯通整个天空，如同棋盘中楚河汉界，把天空分成两半。这一定是银河，是我平生第一次看得这样清晰。

幼时，曾在北京的郊区看到过。夏夜，坐在外面乘凉，看着星空，母亲给我讲，那几颗是勺星、那几颗是八瓦琉璃井。牛郎、织女，隔河相望，七月七鹊桥相会。葡萄架下，能听到他们的悄悄话。我充满神奇问："银河在哪儿？"母亲指着星空给我看，印象中好像有一条银色带子悬在天空，不很清楚。记忆也淡了。

美丽的银河带给人们多少想象。凭肉眼，看不到蕴藏的无数颗星星。先民一定认为天上也会有河水，创造出了许许多多的故事。牛郎星旁的两颗小"宝贝儿"，织女星旁四颗织布的"梭子"都看得清清楚楚。我在想，是人间先有了牛郎织女的故事，再对应天上的星星，使天上人间融为一体，还是古人看着星空，然后编织出了美丽的故事。不管怎样，夏夜星空的灿烂，让人们向往着美好生活。

见到银河不易。为记清，仔细观看了几颗较亮星的位置。夏秋之交，大约在仙后星座和天鹅星座的连线上。天空的中部就是牛郎星与织女星。俩“人”隔河相望。“河水”在这里也渐宽，且有了分流。

凉气袭来，不敢久停，急忙回返。宾馆门已上锁。敲开门问：“为何锁得这样早？”

看门妇女说：“刚有一位客人出去了 40 分钟。”

我出去才 10 分钟。

干什么?

看星星。

她不相信，与宾馆工作人员说了几句，再到客房查看，好像在核实那个人回来与否。不一会儿，她走过来，板着的面孔转为笑容。

我看着她，也不觉乐了，在笑自己。

醉酒

我平生不会喝酒，适逢公开场合，常常尴尬不堪。倘若百般相劝，无奈时沾上一点，结果是头痛难忍。更以为有碍于“生命的三分之一”：晚上读书、看电视、写字，头痛总不是最佳状态。

我为不会喝酒而庆幸，却也为不会喝酒而烦恼。遇上场面的事，烟酒不沾，深感不便，尤其到了民风纯朴的地方，那种气氛、那种情绪，甚至是某种情感渲染着你，更觉是个缺憾。

记得那是出差到内蒙古东胜。东胜是个极普通的城市，面积不大。没有高层建筑，但却整齐。晚上留宿在招待所。这里的餐厅不大，也无档次可言。唯一觉出特色的是每面餐桌都被木板圈成了“单间”。这样，虽有人语之声相闻，绝无视觉上的相扰，倒也自得其乐。我们几个朋友分宾主落座，自然又是斟劝。我无非还是老做法。说话间，停了电，于是点上蜡。昏黄的烛光为这边远的小店涂上了一层朦胧色彩。

明亮使人兴奋，迷蒙也会增加韵味：薄酒点一点，足使话题无限。正值酣畅之时，忽听“隔壁”飘出了歌声。我非常纳罕，待问才知是这里

敬酒

的服务员。想起了北京的OK歌厅，问："点歌要多少钱？""不收费。"那位内蒙古的朋友答了一声便起身出去了。片刻，他进来说："她为那一桌唱完就过来。"

须臾，果真来了，是位年轻的姑娘，身材不高，圆圆的脸，手托一条淡蓝色的哈达，上置一精致的银碗。朋友立刻起身介绍，这是北京来的，先敬客人。他又跟姑娘小声说了句什么，酒只倒了半碗。我知道这是关照，但还是吓呆了，刚想推辞，她已端起了酒碗，毫不扭捏、退让，接着便响起了歌声。那声音格外优美、纯正：高亢不尖细，浑厚时更富于力度。我在想："她若是有机会一定能成为很好的歌手。"歌词是蒙语，表情又是那么认真、庄重，令人不难猜出这支祝酒歌的含意。

我问朋友："她是专职的吗？""不，平常就是这里的服务员。""她的嗓音可真好！""嗯，她是去年那达慕大会上的歌手，从各地选拔上来的，大会后就留在这里。""每月挣多少？""80多块钱吧！""她愿意留下？""从蒙古包来到这里当然很高兴！”

淡淡的烛光照耀在她身上，为墙上留下了一个巨大的投影。悠长的蒙古族旋律弥漫着整个空间。托着哈达的手臂似乎在随着节奏而浮动。此时，她手中若无银碗，定然会随着歌跳起舞来的。

歌声停下来。那姑娘举过银碗。我慌了，刚想说什么，朋友一捅又咽了回去，急忙起身，双手接过银碗。此时，窘迫已抛在脑后。心中升腾起的是这个民族的淳朴、热情、开朗。我想任何人都会被这种气氛所感染。哈达、银碗、优美的歌声，主人已经施出最崇高的礼遇，而一个匆匆的过客又能回赠什么呢？即使倒下，也要喝下去。我一闭眼，端起手中的银碗，大口吞下肚。朋友兴奋起来，我也豪壮地一屁股坐在椅子上，听着那位姑娘接着为几位朋友演唱。

后来的歌子我听得并不真切，至今有些遗憾。倘若有酒量，一定会欣赏到更优美的歌声。尽管如此，这第一“碗”酒已深深装入我的记忆中，因为银碗里不单是酒，还有内蒙古人的真情。

碧云黄花

夔州三记

奉节古称夔州。夔州有门，走三峡者必过夔门。夔门虽险，常有耳闻，也就不足为奇。奇怪的是，在几十公里外的一片群山之中，也有一门，与夔门极为相似，当地人称之为旱夔门。感叹大自然的神奇和造化，遂成三记。

神秘天坑

天坑充满神秘。

有人恐惧，把天坑地缝，看成是天涯地缘，是不祥之地。曾经去过天坑的人，纳罕它的成因，猜测是陨石坠落撞击而成，还说坑底有奔腾的暗河，由天坑峭壁上一巨大的罅隙流出，却不知又流向何处。渗入地下？也未可知。天坑为神秘的光环所笼罩，却又如磁场般，吸引我前去探寻究竟。

自重庆奉节向南，走近百公里盘山路，经连绵的青山，过壁立万仞的旱夔门，便是荆竹乡小寨天坑。一路上映入眼帘的圆形山峰，昭示着这里属喀斯特型地貌。穿过散漫着野花芳香的山中小径，那神秘的天坑便呈现在面前。

坑口极为阔大，天坑深不见底。坑壁周围，山峰环抱，灌木丛生，黑黄斑驳的石壁，一切都在证明着：没有陨石坠落的痕迹。

沿石级盘旋而下，坑口在不断地缩小。刚才还是烈日炎炎，坑的深处已变成阴凉的清荫。经过两千多级的台阶直入坑底。此时抬头上望，一缕溪瀑飘泻而下，及至坑底，已散为濛濛雾水。坑口已成了一个大圆。天坑垂直深度 662.2 米，坑口直径 626 米，坑底宽 500 余米，几乎凹陷成一个直上直下的圆柱。几片白云从天空飘过，令人感到坑如井、人如蛙。

出水洞的上端氤氲着层层水雾，洞内寒气逼人，阴冷森然。湍急的暗河深不见底，黑绿的河水从百余米高的幽暗狭洞里汹涌而出，带来震耳的轰鸣，也带着几分恐怖。暗河露了天，拐了个大弯儿，奔腾了百余米，又涌入了巨大的落水洞中。

神秘的地下暗河，引起了中外探险家浓厚的兴趣。他们曾经从落水洞口靠单绳技术滑下去，经过数天的艰难跋涉，发现暗河流向 10 余公里外的旱夔门，从悬崖绝壁上坠落，流入迷宫河。两三年前，英国考察队来到这里。他们分析，小寨天坑的成因是地壳的塌陷。

距天坑几公里之遥，就是另一著名奇观——地缝。地缝中有一神秘的“黑眼”。“黑眼”就是暗河。河水急剧涌入地下，不知所向。他们利用颜色进行试验，染色的河水竟然从天坑流出。天坑和地缝之间的地下暗河虽未完全探明，但二者肯定是相通的。

关于天坑还有神奇。

据说在天坑底部，探险家们居然又发现了恐龙颅骨化石。这块颅骨曾经被锯成等大的两半，尔后又缝合，切割痕迹整齐。如此高超的外科手术，不知是何人所为。还有人说，考察队用超导远红外探测摄像器扫描时发现，

神秘天坑

在天坑峭壁上的一隐蔽裂缝内，竟隐藏着 7 个直径 4 米的大圆球。这些大圆球呈曲线排列，球面上还刻着一些无法破译的文字和符号。还说在天坑峭壁底部的另一狭长岩缝里，还有 7 只三角形箱子，也呈曲线排列，箱子间或发光。考察队员在接近它时，感到四肢麻木，身体好像有电流通过，不能接近，只拍摄下了箱子的照片。据分析，圆球与箱子当属通讯器材之类的东西。有人认为，小寨天坑似外星人的工作基地。

如此传闻，让我在坑底略作探究，未能发现岩缝，只看到在岩壁上有几眼大小不一的深穴，与普通的山洞无异，也看不出有与天外人联系的迹象。天坑的一切都是自然天成，周围不见村落，也无村民可以访谈，不能轻下断言。

找把躺椅，在坑底小憩。种种谜团，为天坑披上了一袭诡秘的霓裳。暗河的轰鸣，洞顶的迷雾，袭人的湿气，幽邃的玄境，令我添上外衣，依然心生寒气。

遂不敢久留，复拾级直上。

悬空兴隆镇

不能想象，小镇兴隆悬在空中。

这不是我亲眼所见，但小镇上的人都这样说：地下有三根柱子，支撑着小镇。开始我曾怀疑，之后也就释然。重庆奉节县的兴隆小镇所在地型属喀斯特地貌，地下遍布溶洞暗河，呈镂空状。周边的地表就有一些“出气”孔。镇上的人说，抓把草往孔里扔，草进不去，要被吹出孔外。附耳上去，里面轰轰作响，不知里面有多深多大。喀斯特地貌就是这样的神秘莫测。如果不信，可以去附近的“天坑”和“地缝”，就可以领略到大自然的鬼斧神工。

小镇还有个别名，叫三角坝，不知是否因那三根柱子的传说而得名。了解得越多，也就多了一些不安。我在小镇上行走，生怕哪只脚踩得过力而陷了进去。

其实，镇上的人生活得踏实、安逸。他们没有一丝匆忙，从从容容在做自己的事。晚饭后，天还很亮，人们或站在门前聊天，或围坐在饭桌旁打牌。沿街望去，门是大开的。屋的进深也很浅，走到跟前，里面的家什一览无余。家与街形成了一个整体。这里还居住着土家族的居民。有些吊脚楼则是夜不闭户。你可以想象小镇民风的淳朴。

小镇古老而又年轻。它的建筑就能告诉你一切。

山村

廊桥

古镇

镇上，随处可以看到上百年的老房子。木制、挑檐、护栏，这是中国南方民居所特有的结构。有平房，也有两层的，甚至还有三层的小阁楼。最为难得的，镇上还保留着一条老街，还是当年的格局，前店后厂，只是两边店里的商品有了不同，当然还有人的精神面貌。

小镇上也有新中国成立后建的商店。灰色的水泥，上面书写着标语："发展经济，保障供给。""团结起来，争取更大的胜利。"这些文字和那层残存的红色，已经说明了它的年代。

当然小镇上还有近两年建设一新的大街。街很宽，百货店、超市、自由市场等店铺林立两旁。现代的装饰材料和街中的绿化，显示着与现代社会的合拍。大街的尽头，堆放着很多的建筑材料，准备着大规模的建设。

小镇不大，且狭长。几十分钟就能从一头走到另一头。可以推测，镇上若发生了什么事，用不了半天，就能传遍全镇。村边，一条幽深的巷子，一所老房子吸引了我。我小心翼翼地走进院子。院子没有门，只有西房和北房。站在房门前，可以看到开阔的院落和周围的绿树。房子很旧，木门、木檩没有漆，已经变成了黑褐色。

房门整天是打开的。我们的到来，惊动了主人。出来一位中年妇女，还有一个女孩子。主人很热情，朴实地笑着，丝毫没有对陌生人的恐惧和戒备。与她们聊天，得知主人 32 岁。孩子 13 岁，小学毕业，正准备上中学。她们的祖上就在这里居住。能盖得起这样房子的，在当时算是个有钱人家了。“文革”时受到冲击，房子也就腾出了一间，让给贫下中农住。现在，那家人搬走，房子里就放些杂物，平时上着锁。

听到说话声，屋里又出来一位老人，是女主人的父亲。我想看看屋里的格局，老人非常热情，满口答应。木制的隔断，黄泥的墙。家具较为齐全。床是老式的样子，四角有四根圆柱，上面撑着缦帐，虽很破旧，却有古朴的遗风。天色黄昏，屋里几近黑暗。主人说：“房子旧，住着却很舒服，冬暖夏凉。”现代的房子吸热，夏天反而热。

老人倒背着手，烁烁的眼神，挺直的腰板，显得很精神。我说：“您不像 62 岁的。”老人笑着说：“这里的人习惯手背后，或是双手叉腰。传说祖上的人不愿意到这里来，是被倒绑着双手迁徙到这里的，所以形成了这个习惯。”

我向老人道别。老人高兴地举举手，送我出门。

我不由得拿起了相机，为小院，为老人，也为了记忆，按下了快门。

传奇龙桥河

龙桥河因桥与河而得名。

桥很奇特，河很秀美。

沿着崎岖的山路来到这里。向导说："看，这就是龙桥河。我们下了车，举目一望，哇——满目绿色。两山之间，缠绕着一弯透明的河水，在阳光的斜照下，清澈闪亮，几经周折，又消失在青山之中。下望河水，远远的，就像一条玉带镶嵌在山脚下。河水的两岸，几只黄牛悠闲地吃着青草，如豆般点缀在石滩上。"

贴着路边，是个小小的山包，上面有个小亭子。站在上面，可以鸟瞰附近的水光山色。一群十来岁的女孩子看到我们的到来，立刻围了上来，向我们介绍这里的山水，山下有个神秘的山洞。风景也一定要下山到河底，那才好看。之中的一个女孩子，手里还攥着一把党参。她说是这里的特产。问她多少钱？说："给钱就卖，赚个学费吧！"看得出，多少带了些商业气息，便用别的话差开。问她们在哪里上学？都说是在兴隆镇，开学就升中学。每周回家一两次。几十里的山路，要走上四五个小时。问她们："怎么只见河不见桥？"回答说："脚下就是桥。"我低头看了半天，怎么也看不出。明明是一条倚着山的碎石土路，怎么会是桥呢？她们说："下了山，到河边才能看得出。"并要给我们带路。我们婉拒了这些孩子。

约摸有十几分钟，我们来到谷底。河水很浅，一块块的鹅卵石布满河底，就连石头上的细小花纹都清晰可见。向导说："这里面有化石，许多人来这里捡。"他弯腰在河里看了一会儿，还真找到一块。黑黑的，上面有不少白色的线条。

抬头再看我们刚刚站过的地方，才明白了桥的涵义。两座山在空中连起来，形成了一座天然的桥，当地人称它为天生桥。桥的顶上就是那个小亭子。换言之，两山之间开出了一个巨大的山洞，河水就从中间蜿蜒穿过。这就是喀斯特地貌的奇特之处。至此我才明白了，为什么说附近的兴隆镇地下是空的，是由三根柱子支撑的传说。

河水的下游还有许多美丽的景色。没有时间，只能作罢。上游还有一条路可以上山。我们不愿意走重复的路，便逆流而上。路不好走，要几次趟过河水。水虽不深，但踩在鹅卵石上，一不小心会掉到水里，鞋会湿掉。赤脚，水又很凉。正在为难之际，远处传来了歌声，是合声，是土家族的民歌，嘹亮，优美，和谐。歌声荡漾在宁静的山谷，就像这条河水一样清澈透明。原来，正是那几个女孩子，在水中玩耍。

我们听得入神，让她们再唱几首。她们又放声唱了起来。边唱边走，边走边聊。我们融合成了一支队伍。她们的热情不减，怕我们的鞋湿，在河上用鹅卵石搭起了桥。“桥”不稳，她们站在河里，扶住我们的双手，帮我们过河。

从桥底穿过后，她们说：“回头看，桥的石壁像什么？”山石的错落，斑驳出了龙头的形象。眼鼻嘴，还有两个白色的石头，是龙牙。啊，这就是完整的“龙桥河”，太奇妙了！我们惊叹大自然的造化！她们也更加兴奋地说：“还有许多神奇的传说呢！”

天生桥的石壁上有个神奇的山洞。洞口有一株还阳草，将其放入死者的口中，人可以死而复生。山洞太高，无人敢采。据说有个勇敢的人，曾经攀到洞口。刚想接近，还阳草便向洞内“躲”。人前进一步，它便后退一步，总也采不到。

龙桥河也有来历。有个放牛娃去拔草。这天下起了雨，草滑难拔。放牛娃一使劲，草根带出了一颗夜明珠。他非常喜爱，怕丢，不知放到哪儿好，便含在口中。他吆喝牛回家，大声一喊，不小心把夜明珠咽到肚里，到家就口渴，一缸接一缸地喝水，不够，又到长江边上去喝，还是不够。

此时的放牛娃已显出了龙的雏形。他的父母急了，见拦不住，便用绳索索住，不让他出走。于是放牛娃便留在这里，变成了这座桥。旁边就是索龙柱。父母大哭，形成了阳瀑和阴瀑，合称阴阳瀑。

女孩子们争先恐后地讲着故事，一个比一个说得快，生怕落在后面，仿佛在共同背诵一篇课文。真没想到龙桥河有那么深远的影响。它已经成为一种文化，在这里广泛地流传。它是一条母亲河，滋润着一代又一代的孩子。我曾经看到过不少关于龙桥河的传说，但与孩子们口中的传说相比，就显得苍白平淡。我感慨那些民族和民间的文化在她们身上折射出的异彩。

我们上了山。看着女孩子们那一张张纯朴热情的笑脸，我想，不应该让她们把党参拿回家。

龙桥河

抱犊奇桃

人在旅途，会遇到很多奇事。

峨眉佛光、海市蜃楼、珠穆朗玛的旗云，都是难得一见的景致。笼罩在这些景物上的种种谜团，现在都有了科学的解释，也就不足为奇了。

我所说的奇，是大自然的造化，是难以用常理说得通的那种自然现象。

离石家庄不远，有个抱犊寨。说是寨，其实是一个海拔500多米的山。这山听起来不高，平地看来，却突兀陡峭，如斧劈刀削一般。人登都很困难，就不要说牛了。牛要上山，一定要趁幼时抱上去。山由此得名。这并没什么奇的。奇在为什么让牛上山。

谁也想不到，这直耸的石头山，顶上竟有600多亩平坦的土地，且土深60米，种什么长什么，各种树木、庄稼和蔬菜，应有尽有。如此良好的自然条件，自古以来，就有不少避世之人，占山为王，安营扎寨。兵家也看中了这里的战略意义，屯集力量，成为运兵的良地。汉代大将韩信就曾借此地势，演出了以少胜多的背水一战的著名战例。我国的名山大川众多，山上有农桑植被的不少，但能有如此开阔的地界，却是仅见。不知大自然怎样造化了此地。

山上，人们常年在此生活，也留下了各种人文景观。最为奇特的是山上金阙宫里的一株碧桃树。它长在月老殿前，树冠方圆十几米，高可丈余。奇，不仅在它的大小，更在它的经历。金阙宫为道观。据说，桃树为明代道人张三丰所植。几百年的风风雨雨中，它历尽坎坷。清代，八国联军入侵时，这株桃树干枯了。几十年过去后，民国初年，桃树又活了过来。这已被人们传为奇闻。“文革”开始后，桃树又干枯了。几百年的老树，人们都以为它死了。而到了20世纪的90年代初，金阙宫重建，此树从枯木旁逸出一枝，枯木逢春，枝繁叶茂，开花结果，令人难以置信。于是，有人说，此树“乱世则枯”；又有人说，桃树与时运紧密相连。《获鹿县志》上写着：“碧桃有灵。”有诗赞叹：“浩劫根茎枯，盛世新枝茂。绿叶灿朝晖，红花辉晚照。”

桃树种在月老殿前，殿里有月下老人的塑像。人们又赋予了想象，有了关于月下老人和碧桃树的许多奇特传说。唐朝有个叫韦固的人想求亲。遇见一位老人，身背布袋，手翻书册。韦固问老人：“这些是何物？”老人说：“此书乃天下人之婚书，此袋所装皆赤绳，以系夫妻之足。虽仇敌之家，贫贱悬隔、天涯从宦、吴楚异乡，此绳一系，终不可逭。”这就是人们常说的“千里姻缘一线牵”的出处。韦固赶紧问老人，自己的老婆是谁。老人说是一买菜人之女，才3岁。韦固大怒，但几经周折，还是与此女成婚。

虽是传说，却为人们留下了“赤绳”的提示。人们在月老殿前，把红布条系在碧桃树上。有的还在上面写了字。内容有夫妻间的永结同心，互敬互爱；有为能娶个好儿媳而祝福；还有把自己的手机、电话写在条上，寻觅知音……大都是对未来生活的企盼。桃树在民间一直有避邪的说法，在此也就多了几分特别的关爱。据说，每年能有五六万个红布条系到树上。虽经常清理，碧桃树上还是系满了红布条。

没有人探究碧桃树的奇，却有人相信“赤绳”。这是人们的寄托。

南阳的两个衙门

河南的南阳有两个保存完好的衙门，均被列为全国重点文物保护单位：一是南阳知府衙门；一是内乡县衙。其规模之宏大，保存之完好，在国内绝无仅有。这也是我第一次目睹古代“政府”办公场所。它建筑威严，陈设庄重，是皇权在基层的体现。如果把这两组建筑形容为规模庞大的四合院落群而显不足的话，那么就说它是缩小了的故宫吧。因为建筑是坐北朝南，左右对称。屋顶多采用单檐硬山式结构，有皇宫的影子，又无皇宫的地位。由于“天高皇帝远”和地理位置处于南北方的交汇处，所以既有北方四合院和南方过风脊的巧妙结合，也有北方单体建筑的“明三暗五”和南方建筑的廊庑相接、回廊宽阔的衔接。

南阳知府衙门从中轴线上看，发端是坐落在大门外的照壁，又俗称影壁，由“隐”“避”二字变化而来。背面青砖上有“南阳府城”“南阳府”砖铭。照壁与大门之间是大街。大门上悬挂着“南阳府署”的牌匾。大门旁是喊冤鼓。

进得大门，迎面正中三间为仪门，这是主事官员迎宾送客的地方。《明会典·官员礼》记载："凡新官到任之日，至仪门前下马，由迎接官员迎入仪门之内。府治喜庆大典，皇帝临幸，宣读诏旨或举行重大祭祀典礼活动时，也要大开仪门。仪门平时不开，人们出入走仪门东侧的东便门；西侧的西便门是专走犯人的，所以两个便门又称生死门。"

进仪门，便见戒石坊，上书"公生明"，意为公正方能明察秋毫，正所谓公生明，偏生暗。北向则有一对联："尔俸尔禄，民膏民脂；下民易虐，上天难欺。"穿过戒石坊，迎面就是府衙大堂。建筑宽敞威严，颇有气势。大堂重建于清顺治五至八年（1648—1651），保持了清代的风格和艺术手法。大堂主体为典型的清式五架梁带前后双步梁，硬山式屋顶。堂前为卷棚。檐用斗拱，堂内砌上露明做法，显示了府衙大堂之规格。大堂又称公廉堂，是知府开读诏旨，接见官吏，举行重要仪式，公开审理决讼案件

府衙照壁

的地方。大堂明间正中设公案，两侧列“肃静”“回避”牌及其他仪仗。背景设屏风，上绘云雁。堂前卷棚站的是三班衙役。知府升堂，师爷随上。东西稍间辟为夹室，记录堂谕口供。遇到可以公开审理的重大案件时，府台大人常令仪门大开，让百姓涌至大堂前围观，以示秉公执法。大堂前的东西两侧为府衙的六部。东侧为上，是吏、户、礼；西侧为下，是兵、刑、工，各为一间。府衙设置六房正是和中央六部分管国事的政体相一致。

大堂之后的寅恭门是府衙第三道门，意为恭恭敬敬迎接宾客的大门，与仪门比，规模小些，却也精致，檐柱额枋上还可见斑斑驳驳的青碧彩绘。穿过寅恭门，有一天井式四合院，庭院不大，却极具庄严之气氛，左右两侧各有廊房。

向前望去，迎面便是二堂。二堂的规模仅次于二堂，面阔小，而进深又比大堂多，因此多了几分深邃。堂匾曾记载为“退思堂”，现名“思补堂”。为知府顾嘉衡重题，意为深思熟虑、助其不足。府衙中的重大案件一般都在二堂审理。誊录房抄完口供后，知府大人常要退堂，从二堂西稍间进入耳房，到师竹轩里签判。然后才可到大堂进行公开审理。由于二堂是知府的主要日常场所，府里的大部分机构多是围绕二堂布置。东侧有粮捕厅，西侧有理刑厅，东南有税课司，西南侧有照磨所等等。同时还有休憩、论政的场所，如桃李馆、桂香室、菊圃、韭园、虹桥水池。

再往后的暖阁是官邸大门，为知府官员及其眷属居住的门户。

向里而走是府衙的三堂。三堂也称官邸，是知府处理内务的地方，内设接待室、书房、更衣室，知府接待上级官员，商议机密事件，处理隐私案件常在这里进行。匾曰“燕思”，自然也是知府长官燕居憩息之所。根据古代官衙型制，衙署建筑都要遵循前堂后寝的格局，府衙三堂东次间辟为办理公务的场所，即内签押房，东稍间则设置罩子木床一张，供知府休息之用；西侧两间则辟为书房，室内装修精细；书架、书桌、博古架、名人

南阳府衙

内乡县衙

字画，摆设考究。知府在此习经写字，修身养性，读书教子。

三堂过后便见府花园。明清南阳府花园占地十余亩，假山耸峙，亭榭掩映。清代郑板桥在山东潍县任知县时，曾有“衙斋卧听萧萧竹，疑是民间疾苦声”的诗句，可以想见县衙的环境。

与府衙相比，内乡县衙的规模要小一些，建筑的格局基本相似，且保存完整，更显精致。大门前的照壁上是大多县衙所采用的怪兽“獖”。传说龙生九子，“狻”为其一，其性贪婪。画面上，身旁脚下布满了金银珠宝，却还要张口吃太阳。古语云：“贪如火，不遏则燎原；欲似水，不遏则滔天。”有明皇帝朱元璋多次颁布严刑重典，惩治贪官污吏。用狻吃太阳的图案立于衙门前，达到警戒的作用。

内乡县衙最为突出的应是对联。大门的西侧就立着两块石碑，一块上书：诬告加三十；一块上书：越诉笞五十。大堂左侧摆着笞杖、夹棍，用以惩治诬告者和越级上诉者。

大门的楹柱上有：治菊潭，一柱擎天头势重；爱郦民，十年踏地脚跟牢。内乡盛产菊花，菊潭、郦都是内乡的古称。

仪门楹柱上对联曰：依宛镇连丹郧商圣故里；接秦晋瞩荆襄郦邑菊源。南阳古称宛，镇指东边的镇平，西有丹江及郧水，此地是商圣范蠡的故乡；远处与秦晋楚地相连，并且是菊花的发源地。

大堂前有对联：欺人如欺天，毋自欺也；负民即负国，何忍负之。大堂的左右分别是六房。六房的门前各有一联，极为准确地说明了六房的特点。吏房是：选官擢吏贤而举；考政核绩廉以衡。户房是：编户方田勤并慎；征赋敛财公亦平。礼房是：倡礼兴学崇孔孟；制章定典尚萧曹。兵房是：厉兵秣马备不懈；枕戈待旦防未然。刑房是：按律量刑昭天理；依法治罪摒私情。工房是：鸠工庀材精营选；通路开渠细耕耘。

二堂的对联：法行无亲，令行无故；赏疑唯重，罚疑唯轻。横匾很有特色：琴治堂。它取自《吕氏春秋·察贤》里的典故。说的是孔子的弟子宓子贱为单父县令时，身不下堂，弹鸣琴，把单父治理得井井有条。此三个字从正面看则凸起，而从侧面看则凹下。原因是字在涂金黄色时，运用了光学的原理，有深有浅，看上去也就有了变化。二堂的东西各有一跨院，是县丞衙和主簿衙办公场所。他们分掌粮马、户籍、巡捕等，共佐知县治事。县丞衙的大门也有对联：宽一分，民多受一分赐；取一文，官不值一文钱。正厅的对联是：立定脚跟竖起背；展开眼界放平心。横匾是：勤补拙。主簿衙大门上的对联则为：与百姓有缘，才来此地；期寸心无愧，不鄙斯民。正厅对联是：扪心自惭兴利少；极目只觉旷官多。横匾是：俭养廉。

二堂之后的天井院，有古老的桂花树和枝叶繁茂的南天竺，取谐音称为“主贵院”。楹柱上对联：为政不在言多，须息息从省身克已而出；当官务持大体，思事事皆民生国计所关。

三堂有一著名长联：得一官不荣，失一官不辱，勿说一官无用，地方全靠一官；吃百姓之饭，穿百姓之衣，莫道百姓可欺，自己也是百姓。前檐置匾“清慎勤”。这一对联朴实无华，感人肺腑，可以说是内乡县衙对联中的华彩乐段，极为准确地概括了县官与百姓的关系。它曾得到了中共中央领导人的高度重视。李铁映同志曾亲自手书这一对联为县衙留念。朱镕基同志也曾高度评价了这副对联的官与民、地方官与一地治理的辩证关系。江泽民同志在南阳知道了这副对联时，也给予了极高的评价，并指示中央办公厅查考此联的出处。经考证，这是清康熙年间知县高以永在内乡任职九年间所撰写的对联。

内乡县衙的对联能够保存下来真是不易。它一般挂在楹柱上，极易遭到人为或是自然的损坏。古代的建筑，人们可以看到砖瓦，可以看到梁柱，看到“原装”对联的却不多，这自然要赞叹县衙的完整。全国几千座县衙何以仅存寥寥。据说，内乡县衙是在晚清时仅用三年重新建成，时间只有百余年。清灭后，一直是县政府办公所在地。“文革”时期，县人民武装部及政府部分职能部门在此办公。改革开放后，这里又辟为博物馆，从“县保”“省保”直到“国保”，所以得以完好无损。

读着这些名联，看着建筑上的椽子、替木，衙内的条案、绘画，使人浮想联翩，深深地为中国文化的博大精深所折服。说它是“一座内乡衙，半部官文化”绝不夸张。

古代衙门是几千年社会发展的一个缩影，也是封建政权统治的实物标本和历史见证。徜徉在这里，犹如是在读一部厚重的历史书，抑或是进了档案馆、文史资料库。在这两座衙门里，可以了解到古代建筑、建置等封建官制的历史，还能知道一些耳熟能详，却又一时说不出所以的知识。常说的“父母官”就出自南阳。最早可以追溯到汉代南阳郡守召信臣和杜诗二人。据《前汉书》载：“信臣为人劝力有方略，好为民兴利，务在富之。”“开通沟渠数十处，灌田三万余亩。”“民得其利，蓄积有余。”他在任职期间，郡中百姓努力耕田，发展生产，吏民亲爱信臣，尊称为“召父”。又据《后汉书》记载，东汉建武年间，杜诗任南阳太守。七年间，郡内清平安宁，政化大行。他视民若子，省爱民役，并发明了供冶铁用的水力鼓风机——水排，减轻了劳动强度。杜诗后因病死于任上，家贫如洗，以致无法发丧。人们爱戴他，并与百年前的召信臣相比，尊称为“杜母”。遂有“前有召父，后有杜母”的民谣。此说在《南阳府志》中也有佐证。

翻阅这两座古代衙门，在此执政的官员不在少数，仅清代就分别有100余任，一般在三年之内就要调换。人名在眼前流过，有两个字的也有三四个字的，并无太深印象。偶然发现，金元时期的著名文学家元好问曾先后在内乡、南阳当过县令。他清正廉洁、体察民情，并写下了《宿菊潭》等若干描写当地的诗篇。《内乡县志》中留下了他的芳名。宋代的大文学家范仲淹也曾就任于南阳。不知是南阳的长官中曾经产生过著名文学家，还是著名文学家在这里当过地方官。总之，我记住了这两座衙门。

■ 云华蝙蝠洞探幽

听说河南省西峡县有个藏着10万只蝙蝠的洞穴。心里充满好奇。

还是从国外的电影中看到过关于蝙蝠的恐惧场面。我特意查阅了一下书，还真有一种专吸食动物血液的蝙蝠。我想这便是恐惧之源了。而我国历来视蝙蝠为吉祥，是“福”的谐音，把蝙蝠画在各种器物上，以示祝福。

云华蝙蝠洞所在的山属岩溶地貌，森林茂密，景色秀丽。山洞门口塑着一个巨大的黑色蝙蝠。洞口不算大，约有两人高。洞的旁边，还有一尺余小洞口，人们称为蝙王台。因为每到凌晨蝙蝠飞回洞时都要在这里转一圈，然后再飞进洞去。传说蝙蝠每天要在这里拜见蝙蝠王。据分析，蝙蝠是要在这里补充某种物质。

初到洞里，狭窄而黑暗。地上很是潮湿。远处还能听见潺潺的水声。看来环境正好满足了蝙蝠的生活习性。徐徐走去，山洞时宽时窄，时上时下，蜿蜒曲折。凭借灯光和手电，可以看到洞中的岩壁，主要是黑色硅酸盐石。由于岩层的揉皱弯曲，加上水的冲刷溶蚀，形成许多明快的白色线条。你可以任意想象这些形象的线条，说是一幅幅纹理清晰的天然岩画也不过分。有的似禽似兽，如龙虾、巨蟹游于壁上。人们还起了各种名字，什么鹤舞幽泉、卧虎观尾、天女散花。

岩洞里还有许多钟乳石，造型更是变化万千。有的像雄狮倒挂、神龟探海、海狗观天，有的像玉女献花，有的分明是一顶“将军帽”，有的如两个和尚正在“佛道论禅”，有的又似一架巨大的竖琴在拨动“通天琴弦”。至于蝙蝠的造型在洞的四壁更是随处可见。

那么多的蝙蝠藏身在哪里呢？忽然一只蝙蝠从头顶掠过，看来，我们的走动惊动了它们。心里也不觉得紧张起来。

记得还是在幼时看到过蝙蝠，那时一到夏天傍晚，不知从哪里就飞出了几只蝙蝠，时而在空中盘旋，时而掠过头顶，而且，还常从蚊子成群的低空飞过。站在街上的孩子便高叫着“夜摸虎，夜摸虎”。有一次，一个小朋友不知从哪里逮着一只蝙蝠，几个人便一块儿玩了半天。蝙蝠在

蝙蝠洞

白天，精神全无，半闭着眼，一点儿力气也没有。有胆大的把它拿在手里，看它耳朵长得很精致，打开翅膀，几根细骨支撑起一张红色的肉膜。那时看到蝙蝠，心里就有一种异样的感觉，总觉得像是老鼠添了翅膀。

岩洞豁然开朗。巨大的岩洞足有几十米高，数十米宽。几只手电照向了洞的顶部，上面布满了蝙蝠，远远望看去，以为是一个个的泥疙瘩，犹如燕子做巢衔来的泥；再看，又像是拥挤得密密麻麻的麻雀；细看，千万只蝙蝠用爪子倒悬在岩壁上，伸着耳朵撅着嘴，睁着眼睛像是在注视着游人。这是我第一次面对着成千上万只的蝙蝠。它们都是一种颜色，以一片为中心，最密集的地方可以说是相互拥挤在一起。真是太壮观了。赞叹之余，心里还产生了一丝恐惧。我是觉得我们的声音干扰了它们，我们的手电干扰了它们，我们的闪光灯干扰了它们。它们有权力自卫。那时我们将很渺小，很脆弱，很不堪一击。偶尔一只蝙蝠从头顶掠过，真把几个胆小的游人吓得蹲了下去。

当然，这里的蝙蝠很善良，也很容忍。没有攻击型的蝙蝠，洞里的种类却也不少。如白蝙蝠、黑蝙蝠、黄蝙蝠、红褐色蝙蝠等 7 个种类。最大的翼展能有 68 公分，应该算是蝙蝠王了。

当地人说，你在洞里看到再多的蝙蝠也算不了什么，不过是静止的。真正壮观的场面在蝙蝠洞口。每天的黄昏和凌晨，约 10 万只蝙蝠箭一样陆续飞出或飞回岩洞，持续几个小时，遮天蔽日，那才是蔚为大观。

清代文人李衮曾游览过此洞，留下诗一首："古洞仓山畔，秋声赤水沟。风晴飞白蝙，地冷蛰玄虬。列炬空潭动，垂花怪石留。幽深不可及，天遣鬼神愁。"

据推测，从照明的工具和洞内现在所修的道路来看，李诗人不会比我走得更远。可我却依然产生了他的慨叹。洞有多深，没人走到尽头。游览所见"大厅"里的也不过是一个种群的万余只蝙蝠，其余那些栖身何处？实在不可知。

三辑　我下南洋

初识墨尔本

墨尔本在澳大利亚东南部，维多利亚州的首府，港口城市，地处平原，雅拉河穿城而过，全长 242 公里，城市最初就是沿着雅拉河建设的。现在两岸高楼林立布满现代建筑。别看墨尔本与水这样亲近，气候却比较干燥，只有少量的矮山，形不成冷暖气流的变化。冬天不觉得那么寒冷，让人觉得舒适。墨尔本城区，人口有 6 万多，行政区划分 10 个：墨尔本市中心商业区、东墨尔本、西墨尔本、北墨尔本、帕克维尔、卡尔顿、南雅拉、圣基达路两旁区域、南岸区、旧码头区。而城区和几百个郊区组成了墨尔本地区，人口 300 多万，面积 8831 平方公里。

墨尔本市政厅坐落在繁华的商业街上。10 月，南半球初夏，这个州开始实行夏时制。当地时间下午 1 点，我们匆匆来到市政厅门口，以便早些观看周围的环境。市政厅是一幢古老的建筑，尖尖的哥特式建筑连接着一幢 5 层的大楼，两部分有机地组合在一起。旁边和对面都是现代的商店和专卖店。大门旁还有一家临时花店，不时有人光顾，赏花买花。街上跑着时尚的轿车，也有旧时的有轨电车驶过，人们在街上舒缓有序地行走。这

墨尔本展览馆

些传递着古老而现代的城市信息。

市政厅大门临街，没挂牌子，很像是商业街上的银行或公司。我们带进了大门。长长的通道，中间坐着一位五六十岁的妇女，应该是传达室人员。她询问了我们的身份，登过记，每人发了一个参观牌挂在身上，然后让我们坐在沙发上略等片刻。

不一会儿，一位60多岁的老先生来了。这就是Ray，我们称瑞先生。他个子不高，做过与建筑相关的工作，后来对墨尔本的历史感兴趣，进而深有研究，退休后被市政厅聘为义工。这天周二，轮他值班。他为我们讲述市政厅的情况。瑞先生带我们走出大门，站在市政厅前讲起了大楼的历史。1850年成立了市政府。1867年修建了这座高的哥特式建筑。1908年又建造了旁边的5层高楼，算起来正好百年历史。在澳大利亚，百年以上的建筑如果还在，就不能再拆，要作为文物保存下来。

墨尔本市政厅可以说就是一部浓缩的城市发展史。这里可以了解到城市发展的每一重要阶段。电梯间的墙壁上，挂着墨尔本初创时期三位有贡献人物的铜制浮雕像。雕像下写着他们的名字：Edward henty，John batman，Charles joseph latrobe。这三位原是渔民，当年发现了墨尔本这块土地，给政府提出建议，把原属于新南威尔士洲的地买下来，不是所有权，却可享有经营权和管理权，然后申请建设这个城市。1835 年 8 月 30 日，在墨尔本的北面和东面找到了负责商业和经营的土著人，正式发现了墨尔本所有的地方，建成了这个城市。三位城市创始人的铜像被安排在了工作人员的必经之地，让人们时刻记住他们。

市政厅里有一间大厅，高大宽敞，三面墙壁上挂着几位人物的巨幅油画像，衣着齐整，面貌庄严，是墨尔本历史上的重要人物。大厅内摆放着十几张餐桌，可能也是让工作人员在用餐时不要忘记这些人物。市政厅楼道内还摆放了很多实物，人物浮雕铜像、画像和照片，这些档案都配有文字记录。物品有条形码，人物有出生年月等，就连画像作者的基本情况都一一记录在案。这些文字工作会涉及每个部门，都有人来做这项工作。比如历史部就有两个人，负责古代、现代。系统分工很细，每项工作都由不同的人来跟进协作。这些内容全部数据化，又有 IT 部门的技术人员来维护，大家都参与到这项工作中。这项系统工作，很像 OA 系统。

墨尔本市政厅的长官当年主要做法庭、警察、监狱等项工作，相关的文件资料还保存着。现在“法官”的工作内容有了变化，是这个城市的一把手，州政府委派的行政长官，兼有管理职能，我们称为市长。“法官”一般 1 至 2 年换届一次。市政厅二层的走廊上，挂着历届法官照片，排成三排，下面注释着他们的名字。五十几位面孔中，一位华人吸引了我的目光。他排在最后，是香港人，名叫 John So，任期比较长，自 2001 开始，于

黑尔本街上的
老建筑

黑尔本市政厅

2008 年 10 月 28 日离任，巧得很，再有几天，他的任期将满。

墨尔本市政厅的会场像个剧场，主席台有三个台阶高，上面放着长条桌，后面放着三把高背椅子，完全是法庭的样子。当年法官就是坐在这里处理墨尔本重大案情。会场以主席台为中心，座椅呈阶梯状扇形排开去。左右两侧的二层楼上有几排座椅，市民可以坐在那里旁听。主席台后面有一玻璃展台，里面放着法官用的法锤，从外面的包浆看，应该是文物了。现在市政厅官员开会依然在这里。当然，会场不是法庭，“法官”也不用法锤了。

市政厅里有一音乐厅，那里放着澳大利亚最大的管风琴，在这里可以举办音乐会。二楼的办公室是个套间，外间像图书室，四面全是书架，顶到房顶，上面放满了书。书架按 ABCD 英文字母的序列来排放，供工作人员随时查阅资料。楼道的休息间里有几个展柜，里面放着各种各样的实物和证书，都是与这个城市有关的重要档案资料。楼道里还挂着一些物品，既是装饰，也是城市的标记。这些随处可见的实物档案使我们感到，这个历史不很久远的城市，在认真记录着走过的每一步，提示着人们，不要忘记历史。

墨尔本是一座名城，有着悠久的历史文化，如土著文化、涂鸦文化等。城市有许多土著文化的元素，建有土著文化园，在墨尔本博物馆能够看到土著文化遗产。这里拥有澳大利亚唯一被列入联合国世界文化遗产的古建筑，有建于 1856 年的国会大厦、最高法院等。1901 年，澳大利亚联邦成立之后，澳大利亚的首都就暂定在墨尔本，直至 1927 年迁走，长达 26 年之久。

墨尔本人口曾在澳大利亚称最，除气候宜人，还另有原因。1835 年之前，墨尔本基本上没人居住。历史记载：1836 年，墨尔本的人口只有 177 人；1840 年，人口只有 1 万人。到了 1851 年，墨尔本发现了金矿，世界各地的人纷纷涌来淘金，其中包括大量的华工。之后，人口急剧增加，1851 年人口增至 29000 人，1854 年已达到 123000 人。1880 年，墨尔本曾被报道为当时全世界最富裕的城市。这里淘金的魅力使美国的三藩市黯然失色，也就把它称为旧金山，墨尔本称为新金山。至今当地许多华人办的学校、商店、公司还带有新金山这个名号。清朝末年外交官李圭在《东行日记》中就提到了在中国以外的两个海外华人聚居城市，即“两个金山”，并以“新旧”来

墨尔本大街

区别。“新金山”这个称谓算来至少也有 100 多年的历史了。

当然，来这里淘金 的不仅是华人，还有希腊、印度、日本等世界各地的人。直到现在，每年大约 10 万名新移民抵达澳大利亚，当中约三分之一在墨尔本定居。据统计，墨尔本有三分之一的居民为生于澳大利亚以外的移民，来自全球 233 个国家和地区。所以墨尔本使用的语言超过 180 种，除主要语言英语外，希腊语、意大利语、法语、西班牙语、中文、越南语、黎巴嫩语、韩国语等各种语言都有人使用。同时他们也带来了本民族的传统和习惯，在生活习俗、节庆、餐饮上形成不同风格，为墨尔本带来了多元的文化。

墨尔本是一个体育之都，曾举办过英联邦运动会、世界游泳锦标赛，还有每年主办举世闻名的澳大利亚网球公开赛和一级方程式赛车。1956 年 11 月 22 日至 12 月 8 日，墨尔本举办了第 16 届夏季奥运会，那是第一次在南半球举行，出现过许多有意思的事：由于澳大利亚的法律规定，动物入境后必须先经过 6 个月的隔离检疫才能放行，以致马术比赛难以进行，结果该届奥运会马术比赛改在了瑞典斯德哥尔摩，成为历史上第一次夏季奥运会同时在两个大洲举行。另外还有不少历史创举，来自奥林匹亚的圣火火种首次利用飞机传递到澳大利亚；在闭幕式上，所有运动员不分国家和地区，手拉手一起进场，象征着世界各地的运动员亲如一家。

北京奥运会的开闭幕式十分精彩，给澳大利亚人的印象太深了。建筑也独具风格。水立方就是与澳大利亚悉尼合作的方案。水上运动在青岛举办，这些运动在澳大利亚很普及，皮划艇项目获了奖牌。

我们出了市政厅大门，汇入街上行人之中。迎面过来几个人，看着其中一位眼熟，却不可能相识，再回想，噢，是那位还有几天就要离任的香港“法官”。他与几位同僚一起走进了市政厅。

库克船长小屋

菲兹洛伊花园面积很大，墨尔本五大花园之一，没有围墙，没有护栏，站在路边就可看到铺向远处的嫩绿草坪。小径呈米字形图案向四面延伸开去。沿着英国乡间情调的小径进入花园内，有一个建筑独特的温室花房，里面摆放着各种盛开的鲜花，绚丽多彩。再向前行，远处高大的桉树掩映着一幢英式二层小楼，旁边矗立着一面英国国旗，那就是著名的库克船长小屋。

詹姆斯·库克，18 世纪英国航海家，曾三度远行，对太平洋海岸线进行探索。1768 年，受英国格林尼治天文台的委托，库克船长于 8 月 26 日率领 20 名水手，驾驶着三桅帆船的“奋进号”去南太平洋，考察五大行星连成一线的奇观，也有说金星凌日，不管怎样，几百年一遇的天象。考察探险中，1770 年 4 月 20 日，库克来到一片岛屿附近，根据山脉树木判断，很可能是一片新大陆，于是在雪梨登上了澳洲大陆，利用上岸修船的机会，考察了当地的地理、气候和动植物，认为这个地方适合人居住，比非洲要好，便把英国殖民主义者的“米”字旗，插在这片大地上，并命名为“新

库克船长小屋

屋内陈设

南威尔士”，将整个澳洲大陆的东海岸宣布为英国领土。

几年后，美国爆发了独立战争，英国失去了北美殖民地。在这种局势下，英国女王决定，将澳洲作为新的海外犯人流放地。1788 年 1 月 26 日，第一批英国流放犯人的船队在雪梨港即悉尼登陆。这一天定为国庆日，从此掀开了澳洲近代历史的篇章。自此，欧洲移民源源不断来到澳大利亚定居、发展、繁衍。

为纪念这位澳大利亚的创建者，1934年墨尔本建市100周年，澳大利亚一名实业家拉塞尔爵士出资800英镑，将库克船长在英国的故居买下，作为礼物送给墨尔本市民。拆卸时，每一块建材编上号，装进253个箱子，总重量150吨，由英国海运到墨尔本。房子一砖一瓦，甚至铁钉螺丝，也没丢下一个。之后照原样组建在这片花园中。

库克船长小屋最早是他父母的故居，建于1755年。大门石梁上仍然刻着JAMES和GRACE第一个字母，这是他父母的姓名。小屋周围铁栅栏围起了一个小院。栅栏门口有人坐守，对他说拍照片，便让进了门。库克船长小屋的确不大，静静地伫立在苍翠绿色之中。小屋简单朴实，斜顶铺瓦，石砌墙面，二楼屋顶修有烟囱。小屋左右两侧为一层瓦房，中间是二层小楼。院内树木葱茏，想象不出当年所处村庄景象，只能从有着200多年的褐色砖墙中去体会历史意韵。

库克的父亲在农场帮工，故居保存着18世纪英格兰北部民居的风格，里面陈列着当年的家居。进一层小门，过厅里放着一把英式三人长椅，墙上挂着铁锹。再向里走，就是库克船长住的房间，兼为厨房会客厅。里面放有写字台、座钟、椅子、木桶。房中间的小桌上放着地图、文稿纸、台烛。每次航海回来，船长便坐在这里工作。小桌上还有盘子，碗里摆着新鲜水果，一定是工作人员为了保持原貌而定时更换的。房间一角放着水壶和烧火的铁夹、铁铲等用具。窗户半拉着窗帘。房间凹进一边，正好放一张床，那是船长休息的地方。

楼梯很窄。二层住着船长的父母。室内的陈设都按当年的情形布置。房间里一张双人床，外面有布帘。旁边有几把椅子，墙上挂着镜子。小桌上放着烛台和父亲戴过的帽子。靠墙边放着母亲用的纺车。这些古旧的家具，带来了劳动家庭的气息。

小屋外放有木桶。屋前墙上攀着常青藤，据说是库克幼时天天看到的

库克船长塑像

那一棵。院子里栽种着许多英国本土的鲜花、蔬菜和水果。几个游客正在参观游览，见我在拍照，又是一个人，便主动过来问："是不是要与库克像和他的小屋留个影？"那当然是我心中的愿望。那人应是本地人，拍摄动作能感到他的认真，可能是想让我这个外国人能永远记住这位创始人。

门口小径旁，矗立着库克船长的紫铜塑像。1728 年，库克便出生在约克郡怀特比的小村庄，少年时代就对航海探险产生浓厚兴趣，长大后参加了英国皇家海军，实现了梦想，4 年后升任船长。铜像选自船长的辉煌时期，头戴三角军帽，身穿紧身衣裤，下面打着及膝绑腿，穿着扣绊鞋，左手拿着航海图放在胸前，右手下垂握着单筒望远镜，泰然平和若有所思，目光深邃凝望远方。不能知道他在想什么，却能想象到这位船长航行在悉尼植物湾与惊涛骇浪搏斗 9 个昼夜的场景；"奋进号"在没有风暴预告的情况下，库克船长创造性地用沙漏导航，用打结的绳索测算船速，用六分仪和年历，再通过观察星星判断船位，在澳大利亚新西兰登陆后，遇到了高大勇猛的新西兰毛利人和澳大利亚土著。库克在航海日记中这样猜测："也许在千年以前，这里曾经生活过一个巨人的部族。""奋进号"又与澳大利亚大堡礁相撞，险些沉没；在雅加达港口滞留修船时热病蔓延，将近半数的船员染上热病死亡。20 多年的海上生涯险象环生。航海经历使他拥有多项头衔：航海家、探险家、制图学家、经度仪航海测定船位的发明者，以及发现治疗坏血症的第一位船长。他发现了澳大利亚、新西兰、夏威夷群岛和太平洋众多的岛屿。南太平洋中有一群岛命名为库克群岛。新西兰北岛和南岛间的海峡也命名为库克海峡。他是继哥伦布之后，在海洋地理方面具有奠基性发现的航海家。1779 年，船长在夏威夷逝世，至今死因不明，据说在与夏威夷土著的冲突中被杀害。

我在库克像前站了很久，看着这位航海英雄，整日航行在变幻莫测的海上，不知道是在与大海搏斗，还是在与大海亲近。

▪ 墨尔本皇家植物园

皇家植物园在墨尔本市区边。那条街很安静，偶尔才见一个健身的人跑过。园墙内伸出一枝娇艳的红花格外醒目。大门很简单，砖砌成两个垛子就是了。进得门去才知，里面树木花草之多之艳。此时正值春天，高大的桉树刚刚长出叶子，绿灰色。盛开的紫微很耀眼，比北半球的更为发紫，紫得名副其实。剑兰长得极为壮实，紫红色花蕊开出有 1 米多长。一派春花烂漫。

这里的植物长得确实好，每棵都显示出勃勃生机，可能是因为没有季风，又无巨大冷暖温差，利于植物生长吧。沿着小路向园里走，草坪的远处有一泊湖水。岸边，两只黑天鹅在休息。我们很兴奋，一齐走过去。它们好像司空见惯，不吃惊也没热情，依旧把头窝在翅膀里，睡！没这么近距离观看过，见没动静，就拿出好吃的去勾引。它们懒洋洋站起来，爱答不理。逗了好一会儿，一位工作人员过来劝阻，不能随便喂食，我们才走开。

沿着湖边前行，远处岸边落着许多海鸥，当地人说，这里可以喂了，你们看，说着拿出几块饼干扔向空中。海鸥眼尖，从老远一下就飞过来，一只在前，几只在后，没等饼干落地，从空中一掠便抢走了。

植物园

休闲

我们再向园里走，各种各样的植物越来越多，大多没有见过。植物上有木牌，上面写着简短的文字，注释得风趣幽默。比如“假山毛榉”，没多少人认识，不写它生长在120万年前，却介绍为“它们在地球上已经很长时间了，也许还曾是恐龙的食物”。文字生动，植物也增加了活力。

植物园内有一株“分离纪念树”。1851年，维多利亚州发现了黄金。与此同时，这个原属于新南威尔士州的殖民区获得英国批准，单独成立殖民区。墨尔本人得知消息后，欢欣鼓舞。为了纪念，总督在墨尔本皇家植物园种下了这棵具有历史意义的桉树。

墨尔本皇家植物园很有历史。1845 年，当时的维多利亚州属新南威尔士州殖民地管辖，被称为菲利浦海湾地区。该地区的最高行政长官查尔斯·拉丘伯对植物特别喜好，带领植物学家和社会名流，考察了这个地方，当时还是一片原始森林，于是决定由政府投资、社会集资修建一个植物园。植物园按 19 世纪园林艺术布置，1848 年正式建成，对市民开放，成为澳洲历史上最早的国立植物园，也是世界上设计最好的植物园之一。查尔斯·拉丘伯后来成为维多利亚州殖民地的第一任总督。

植物园有许多著名澳大利亚和外国历史名人亲手种下的纪念树：如英国侦探小说家柯南道尔、维多利亚州总督官拉特罗布、英女王维多利亚的丈夫艾伯特亲王、澳大利亚著名女歌剧演员内利·梅尔巴、波兰钢琴家帕岱莱夫斯基、英国海军将领杰利科、英国前首相麦克米伦、加拿大前总理迪芬贝克、英国女王伊丽莎白二世的丈夫爱丁堡公爵、泰国国王普密蓬等等。这些树增加了植物园的人文色彩。

我们还想往里面走，可是植物园占地近 40 公顷，走上一两天也转不完。我有些吃惊，从进大门到现在，并没感觉有那么大，可能是总沿着小径行走，植物又安排得紧凑合理吧。这里约有来自全球各地 12000 余类、30000 多种植物和花卉，有澳洲原产，还培育出 20000 余种外来植物。墨尔本冬季没有霜冻，因此，热带、亚热带、温带的树木都可以生长。让我感到亲近的是中国花园，种植着竹子、玫瑰、兰花、牡丹等非常熟悉的花木。

植物园里的人不多，大多是当地人到此休闲。上年纪的夫妻坐在咖啡屋前对饮，年轻的母亲推着小车带孩子散步，也有人坐在长椅上聊天。那边绿草坪上一群年轻姑娘围坐在一起，开心地谈着什么，能感到她们在充分享受着空气、阳光，享受着生活。

再回到湖边，几只五彩鹦鹉“喳喳”叫着向另一棵树飞去，站在草坪上向远处望，万木葱茏，碧水蓝天。美丽的一幅图画。

掠过布里斯班

布里斯班是在车里感知的。

空中看到了轮廓。蓝色的大海与陆地交错着，大河又继续把陆地S形分割开。布里斯班河犹如一条明亮的缎带，从山峦天际之间缓缓飘下，流过铺红缀绿的原野，蜿蜒曲折，在市区里绕了几个弯儿，流向东南，转东北注入大海。河水咸淡相混，鱼和两岸的植物均能适应。黄昏时分，夕阳给碧波粼粼的河水镀上了一层金色。两岸布满了住宅，一直铺向远方。城市紧紧附着在河的两旁。布里斯班也称作“河流之城”。

布里斯班之名源于殖民时代新南威尔士殖民区总督官的名字。这个城市最初叫摩尔顿湾，属新南威尔士州管辖。1824年开始建为流放囚犯的地方。随着罪犯流放制度被取消，1842年开放为自由定居点，居民逐渐增多，城镇也不断扩大，1854年成为港口。1859年昆士兰脱离新南威尔士州单独成立殖民区，并建自治市，布里斯班便成为殖民区首府。

布里斯班的城市规划很有特色，分割区域的街道，南北方向以女性名字命名，东西方向则为男性。市区最南边是政府机构所在地——乔治街。

俯瞰布里斯班

布里斯班河流之城

各种文艺复兴时期的建筑、哥特式建筑、殖民地风格的建筑混杂在一起，饶有趣味。

历经100多年，城市的中心耸立起一丛极高的大楼。最有魅力的要数市政厅广场，古朴、凝重的市政厅大楼，布里斯班大教堂，周围涌现出现代化的摩天大楼。市政厅是布里斯班的标志，棱柱型塔式建筑，高76米，具有意大利典型新古典主义派的风格，通体用棕黄色砂石，建于1930年，一度是这个城市最高的建筑。门厅高大，雄伟的立柱，让你不禁想起古代希腊的神庙。中央设有圆形的礼堂及小间的酒会场所。钟楼上的大钟每隔15分钟敲响一次，据说是为了提醒慢节拍的澳洲人要珍惜时间，不要虚度光阴。这座澳大利亚最富丽堂皇的市政厅，直到悉尼歌剧院落成前，一直是最昂贵的建筑，由于历史资产的宝贵，被称为“百万市府”。

城市最高的建筑要数“曙光女神”，2006年建成，地上69层，楼顶高207米。修长的建筑真像个美女，迎接到东方第一缕曙光。这个美丽的名字源于希腊神话。她是众神之一，美貌非凡，性格十分温柔。每天太阳刚刚从地平线升起，她就出现。人们就叫她“曙光女神”。她的十个手指头的指甲用玫瑰花油涂成玫瑰红色，又有“玫瑰红色指甲的曙光女神”之称。这样现代主义风格的建筑用于住宅。

高大的铁桥联结起河两岸，犹如血脉，为城市带来了活力。下午五六点钟，正值下班高峰。临街商店陆续关了门，没关的也在忙着下班。不论下班与否，每个商店灯光依旧通明。那是为保证商店安全，不能熄灯。行驶在高高的跨河大桥上，两岸高楼林立，多是公司企业的办公楼，市政厅也夹在其中，上面没有霓虹灯，也没有广告牌，楼里面灯火通明。望着一片的辉煌，初以为这座不夜城的夜生活会如何丰富，其实，下班后已然是座“空城”了。城市要亮起来才显得有生气，才显出了活力。

城市能源十分充足，可以用火力、水力发电，太阳能也很普及，只是

滨海布里斯班

缺少水，水比牛奶果汁等饮料还卖得贵。总体上说，这里的物价很低。州的面积非常之大，超过新疆，人口又非常之少，不足10万，华人的比例也很少。布里斯班所在昆士兰州不实行夏时制，按照本州的思路自行安排。

大街上的小轿车很多，都在忙着赶回家中，人们很少住在城里，很多人愿意住在80公里外的黄金海岸。小轿车成为市民的主要交通工具，一般家庭都有二至三辆。新车没多贵，二手车就更便宜，几百元就可买到，当然没有空调，没有音响，开起来没问题。城市的公交不发达，别看在市内坐公交费劲，两个城市间的公交却很方便，特意开辟了至黄金海岸的快速公交专用道，这在世界上也是独树一帜。

布里斯班河两岸还有许多小巧玲珑的住宅，错落有致，沿岸的草坪上花香草绿，争荣竞秀，很有田舍风光的诗情画意。城市道路两旁也多是二层小楼，下面放物品，上面住人。澳大利亚人不喜欢有人住在头顶上，很少高楼。这里气温高，一年中有五个月是夏天，天天都是大太阳，而盖起二层楼，通风效果很好，别看天气热，少有人家安空调。房子都很别致，尖顶，颜色也不单一，很有特色。有独栋也有两家合盖，很像耗司或汤耗司。

这里光照强，素有“阳光之城”的美誉。全市有170多座公园，四季繁花盛开，在市内闲逛，处处皆风景。美丽的花圃，整齐的林荫大道，优美的布里斯班河，明媚的阳光，各式各样的文化娱乐场所，令人赏心悦目。即使这样，天气热，人们反而喜欢阴天。一个地方待久了，可以到另外的地方去住，或干脆搬走。有的人务实，把房全部用木头做成，变为可以移动的房子，觉得哪儿好就住哪儿，随心所欲。我们常说的搬家其实是在搬家具，而这才是真正意义上的搬家。是搬家，也像旅游。

冲浪黄金海岸

世界上有许多黄金海岸，只要临海，沙子好，都可以这么称呼。河北的昌黎、福建的泉州、新疆阿勒泰福海，香港青山湾畔，台湾台东卑南乡山脚下都能找到黄金海岸。而以此为地名的也不少，美国许多州都有，如芝加哥、康涅狄格州、佛罗里达州、纽约长岛、新泽西州、加利福尼亚州、内布拉斯加州、俄亥俄州等。

澳大利亚的黄金海岸在昆士兰州，也是以沙细均匀著称，白里泛着金黄。这里处于太平洋暖流冲击地带，终年有日照，平均温度在25摄氏度左右，气候宜人，有土著人聚居。1770年英国航海家库克经过此地，见水浅礁危，将这里的山及其突出水面之地分别取名为警告山和危险岬，现在危险岬已成为新威尔士州和昆士兰州的边界标记，岬上有库克纪念碑和灯塔。19世纪40年代，欧洲人在这里建立移民点，开荒种植，造屋建舍。最初的片沙滩，因绵延32公里的金色海滩而得名黄金海岸。

澳大利亚人不懂得开发，20世纪初，据说一位日本的旅游家，看到了这里发展潜力，迎合澳大利亚人滑水、冲浪的爱好，盖起了一家酒店，名为“冲浪者天堂”。之后又把陆地之间用桥联结起来，让更多的房子能临海，这样价钱能贵许多。国内外游人纷至沓来，很多有钱人在水边盖起了豪宅，房价一下上涨了几倍，逐渐发展成为颇具规模的旅游区。现在黄金海岸已成为澳大利亚的一座城市，在布里斯班以南约 80 公里。城市人口很少，而每年来这里的游人就有 500 万之多。

黄金海岸没有秀丽的山川景色，能留住人的是大海的沙滩。这里没有复杂的地势、礁石，勾起人的联想和遐思。沙滩大海很简单，只去体会大海的变幻与美丽。此处还有娱乐项目。比如到大海中去看鲸鱼；趁着夜色去捉萤火虫儿；坐热气球；参观澳大利亚中产阶级家庭，喝泥蟹粥，吃袋鼠、鸸鹋肉或海鲜；晚上乘坐豪华游艇，欣赏河两岸的夜景；观看歌舞晚会、成人秀、马术秀等。总之，这里让你感受现代生活气息。

说这里是娱乐之地，那倒有失偏颇，准确来说，更是体育健身之地。街上的公路到了赛时，就成了 F1 汽车拉力赛的场地。道路两旁挡着水泥礅，转弯处放着汽车轮胎。此时还是 10 月，再隔一周，世界汽车拉力赛就开始了，工人整理着道路，车手陆续来到这里，晚上偶尔能够听到赛车刺耳的鸣叫。个别路段已经限行，再几天，主要道路就会交通管制。

除去车手，还有许多前来观看比赛的游人。他们包下房间，使赛时的旅馆特别紧张，价钱也上涨几倍，而且还不一定租得上。多数人要在 1 年前就预定下客房。房间临街，公路就在楼下，站在阳台或窗前就能看到比赛，这样的客房更为难租，价格也贵。

这里还有一项更为适合的体育项目，冲浪。我们是晚上到的黄金海岸，这里的人讲，晚上别出去，海边风大，漆黑一片，啥也看不见，没意思。我想了想，有道理，不如省点儿体力，明天一早儿去看日出。问准了服务员几时天亮，再想着提前叫早儿，便睡了。

天蒙蒙亮，起了床。街上亮着灯光，穿过马路就是海滩。一辆清理沙

冲浪

雕塑

滩的车已经沿着海边来回奔跑了，车上开着大灯，后面留下一条耕起松软的沙滩。偶尔有汽车开过，上面坐着到海里冲浪的人。有的冲浪者穿着泳装，夹着冲浪板，赤着脚，行走在海边，退了潮的沙滩上留下一串深深的脚印。

冲浪者多是小伙子。他们冲进大海，趴在冲浪板上，划向远方，在波浪里穿来穿去，然后顺着海的流向和潮汐从另一边上岸，再跑回来冲入大海。太阳还没出，海边的风很大，肚里空空，穿着长衣长裤还觉得有点儿冷，看着冲浪者，真佩服他们的体能。有两个上了年纪的也想试着下海。海水刚没过腰他们便上来了，可能水凉。

令我惊讶的是，冲浪者中有两个小姑娘，不到10岁，瘦瘦的，也夹在冲浪行列之中。一位中年妇女胖胖的，穿着厚厚的衣服站在沙滩上看着她们，每次孩子上岸都会嘱咐几句。小姑娘接着跑下海，玩得很开心。我慢慢走到她跟前问，这是你的女儿？她点了头。我说，她们还不能站在冲浪板上？她点点头。我伸出了大拇指，夸奖两个小姑娘真棒。她会心地笑了。有人说，黄金海岸是富人的天堂，而大海中分不清谁更有钱，彼此一样，能比的只能是谁更健康。

当地人喜欢阴天，很难得。我却有些失望，没看成日出。天已大亮，街边立着五六座雕像，造型抽象，在表现体育运动。此时也有人夹着冲浪板向海边走去。人行道上，更多晨练的人在散步或跑步。骑自行车锻炼的人戴着头盔，在马路上不时穿过。

我在街头转了一会儿，回到宾馆吃早餐，一眼看出了在海边冲浪的几个小伙子也在餐厅。他们围坐一起大口吃着，脸上泛着红光。

海的世界

运动娱乐休闲，澳洲人留下了初步印象。那种放松的状态，非闲暇呆滞的无聊，也无深思长考的凝重，似乎上天让他们来到这里就是享受。这种感觉在海的世界更为强烈。

海的世界在黄金海岸，海边辟出的一块场地，离市中心不算远，开车一会儿就到。登至高处就能看到蓝色的大海。豪华游艇靠在岸边，等待着游人。直升机在空中盘旋，带着游人俯瞰海的世界和黄金海岸，花上大价钱，就可大饱眼福。也可以坐园内架在空中的单轨小火车上转一圈，观看整个海的世界，所有活动项目都在你的脚下划过，可以逐一体会大海带来的快乐。

人们大都知道园内行走路线，看着导游图有目的地去往想去的地方，有一家人，也有同学、朋友相约。还有许多孩子，大人领着抱着或用儿童车推着，其实他们是主角。

海的世界中最精彩的是海豚表演。舞台的背景像一座小岛，上面有假山和椰树。前面是开阔的水面，清澈见底。五六个演员有男也有女，更准确地说，都是训练海豚的专家。开演之前，舞台和水面都很安静，谁也不知水中蕴藏着什么。

强烈有节奏的音乐骤然响起，演员在舞台上一个亮相，水中突然腾空跃起 5 只个头很大的海豚，半天才落入水中，观众一片欢呼。接着就是海豚的各种组合表演，随着韵律，变换着腾跃动作，一会儿直上直下，一会儿划出一道弧线，此起彼伏。海豚也懂音乐？看台上大人孩子的欢呼声还没落下，三只海豚不知在哪里集合成编队，整齐地排成横队向观众游来，赢得一片贺彩。

序幕揭开，“全体演员”亮了相。一名演员来到与观众最近的水边，叫来了一只海豚。另一名演员走向观众，准备请一位观众来和海豚亲密接触。选来选去，从观众席中叫下来一位小姑娘，让她走到水边，去触摸海豚。那只海豚很听话，靠在小姑娘身边。小姑娘拍拍它，它把头抬出水面，显得很高兴，张开嘴，表情好像在笑。

接下来的表演越来越精彩，海豚跃起的高度也有了变化，做出不同的动作。一名演员站在海豚背上，后面又跟上一个，追逐着快速游过。高速游动中，海豚把站在背上的演员，抛向高空。演员在空中做出翻滚动作，落入水中。之后，一名演员分开脚，踩在两只海豚背上。两只海豚同时用力把这名演员再抛向空中。啊，海豚间还有如此谐调能力，演员与海豚间也达到了高度一致。

演出让人目不暇接，眼花缭乱，越看越体会出海豚的能力，它与人的距离那么近。演出结束，全体观众报以经久不息的掌声，尤其是孩子，更是高兴得拍个不停。

最有故事情节的要算是海狮特警队表演。场地比海豚要小，一潭清水，而舞台更具儿童图画效果，三座二层楼房，一座间有滑梯，一座旁边有锅炉，都是为了表演。观众席上陆续坐满了人。池水边，小贩见缝插针，卖

远航

水上叠罗汉

起了爆米花。海鸥围在旁边飞来飞去，准备随时捡漏。多有家长下来给孩子买，边吃边等待着演出开始。

演出的主角是海狮，有大小几只。演员也有好几个。一名丑角站在二层的楼上敲响了钟声，戏剧开始。一只海狮走出来站在舞台上，给观众行礼，然后又跳入水中做了几个翻腾动作，算是与观众打了招呼。一名女丑角拿着一个绿包，可能是坏人在偷东西，跑进屋里，被海狮发现。不一会儿，海狮把那绿包叼了出来。一名女特警驾驶着一艘快艇来到场地，准备追捕坏人。

腾飞

观海

于是上演了一出好戏。故事吸引了孩子们关注的目光。女特警夸奖海狮，海狮也露出得意的样子。然后又让海狮进了锅炉，里面冒出热气，险些被“蒸熟”，出了大问题。海狮还是安全地出来了。经过女特警的巧妙安排，终于找到了那个小偷。观众对海狮的智慧给以高度评价。海狮也挂着一个牌子出来谢幕，上面写着：完。演出结束了，许多孩子还在恋恋不舍。

最具刺激的要数海上特技表演。演出是在中午时分，舞台对面就是餐厅，人们在餐厅里买着午餐食品，然后找个地方坐下来，吃着饭，等待演出开始。有的家长干脆与孩子一块儿坐在岸边的绿草地上准备看演出。水中建起了一座孤岛，上面装饰着孩子们喜爱的卡通汽车、楼房、城堡。观众坐满看台。一个 1 岁多的孩子坐在儿童车里，嘴里含着拇指，不停地四处观看，寻找着吸引注意力的东西。

那是一支有着极高水准的水上表演队，男女共十几个人，有娱乐色彩的男丑角，足以引起观众的兴趣和欢笑；也有身材标致的女模特，吸引人的眼球；更有身怀绝技的表演队员，在飞速行进的快艇拖引下，穿着划水板，在水面上做出各式各样高难动作。单人划时翻出筋斗，双人划时变化着左右不同位置。表演渐入高潮，女演员站在男演员肩上做出各种舞蹈动作，可以说是水上芭蕾。令人瞠目的是，在快艇牵引下，6 人摞起三层的叠罗汉，成一个三角形，从水的一边，快速划向另一边，说是水上杂技舞蹈表演一点儿也不为过，令人拍手称奇，叹为观止。

海的世界是孩子的天地。地上的池子里有海星、海胆、鳐鱼等难得一见的海中动物；水族馆中可以从地下玻璃窗中观看到大鲨鱼和五彩缤纷的热带鱼；北极熊馆中，可以看到岸上懒懒的北极熊在水中敏捷自由的神态。园里还饲养着与水有关的鸟——鹈鹕。记得在儿时的画书中见到过这种鸟。它在水边生活，大大的嘴不是在吃鱼，而是藏起了一条鱼，躲避了敌人的进攻，成为鱼的朋友。

海的世界也是成人的乐园，还有许多与海相关的娱乐项目：激流勇进、空中缆车等等，同时并没忘记重要一点，那就是英国航海家库克船长乘坐的帆船。“奋进号”制作成复制品，飘浮水上，供游人观赏凭吊。

海的世界留给人们了深刻印象，有了大海，生活也变得丰富多彩。

体会泥蟹

车里已感知了泥蟹。

澳大利亚被大海包围，盛产鱼虾蟹。澳洲人爱吃海产品，对虾蟹并不偏爱。自从华人兴起吃龙虾，价格炒了起来，飙升了好几倍。蟹也跟着搭上了车。

澳洲似巨大的孤岛，独立于几大洲之外，所产螃蟹也有特别，生出白蟹泥蟹。白蟹长在深海，浑身洁白，如阳光下的白色沙滩。泥蟹则呈深青色，壳腿洁净，个头很大，也厚实。不是说泥蟹没小的。当地捕捉有规定，游人一次最多捉 6 只，其中只能有一只雌蟹。捉蟹船上备有一把量尺，蟹盖直径不到 8 厘米，捉到也要扔回河里。澳大利亚人讲环保，吃蟹也不例外。

泥蟹生活在红树林中。红树也奇特，能适应咸水，生长在咸淡水相混的泥水岸边，品种有 70 多种，可做红色染料。人们把这种环境生长的树统称为红树。初看难以辨别，熟悉后一眼就能认出。泥蟹喜爱生活在红树林泥水中，因此得了英文名。这里还有许多泥蟹养殖区，可以观看渔夫捉泥蟹的不凡身手。当地人叮嘱说：“这可是特产，过了这村没这店儿。”

这话听起来总觉有点儿忽悠。进了一家餐厅，天已黑了。这是中餐馆，楼梯拐角的墙壁上点缀着中国古装人物画和书法。二楼一角还摆着博古架，上面布置着瓷器。窗子外，港湾里停泊的大小渔船、游艇亮出了灯火，与海面的倒影连成一片。我们在餐桌边坐下。鱼缸里游着各种海鱼。问了老板，这里也有泥蟹。此时，肚中还似在车中摇荡，胃口全无，再看一眼别的餐桌，空空如也。别的不能凑热闹，餐饮可以跟风。这么冷清，也就是随便吃口饭。我们相互看了一眼，决定此事再议。

第二天晚上，我们进了一家台湾人开的餐馆，来吃饭的人很多，看来经营得还不错，便坐下来，点了几个菜，着重探讨泥蟹问题。餐馆里的鱼缸有好几个，专门有一缸放着龙虾白蟹泥蟹。龙虾很活泛，大爪子骑白蟹身上。白蟹无反抗之意。几只泥蟹用绳五花大绑地捆着，老老实实趴在

泥蟹五花大绑

鱼缸一角，一只1斤左右。龙虾哪儿都有，价格太昂贵，白蟹1斤也要在110澳元，只有泥蟹是此地特产，价格98，那也够高的。几个人再一盘算，毕竟来此地不易，还是别考虑忽悠，决定自解囊袋“挥霍”一把。两个善砍价的跟老板谈了一会儿，拍了板，两只160。

定下来就开做。心里想着，应该问问做法：红烧，清蒸。调料用什么，酱油、香油、鲜姜，还是不放酱油用醋……慢慢吃着饭，普通的蔬菜，台湾做法很可口，没有丝毫不适应，觉得很香。正吃着半截，泥蟹上了桌，满满一大盘子。两只大红壳扣在上面。下面盖着雪白鲜嫩的肉块。翻过蟹壳，橘红色的蟹黄嵌在上面。红色的螯摆在盘边，红拥着白，白透出红。清淡的芡汁一点儿也没影响色彩，反似器物着水后洇出了鲜艳。太漂亮了。

我对螃蟹并不陌生，先夹一块蟹黄儿，硬硬朗朗，透出油香；再夹一块蟹肉，松软细滑，鲜嫩欲化。鲜的东西要保留本身的味道，烹制复杂，反伤原味。切身体会了泥蟹，确实不同凡响。“集体财产”，不能多占，点到为止。大家埋头苦吃，顾不上说话，转了两圈下来，才赞不绝口，话多了。看得出，是不曾有过的体验。量大，盘中还有几块儿，大家分吧。

让来让去，大家一致要求我吃最后一只螯，理由是，深切的体会一定要记录下来，作为永远的回忆。吃了这只螯，肩上有了压力。我觉出了却之不恭，又乐于担此重任，笑着纳入手中。

泥蟹个大，腿上的壳更坚硬。餐桌上放着各种专用工具。我用钳子夹开了壳，洁白蟹肉裸露出来，放入口中，鲜嫩中还多了一丝筋道儿。我在想，同在大海中，外形又无奇异之处，味道怎会有如此的区别。莫非真与养育的红树林中的泥水有关。

泥蟹全身的体验，让我想起了黛玉吟出的那首名句：“螯封嫩玉双双满，壳凸红脂块块香。”曹雪芹是美食大家，肯定没吃过泥蟹，不知箸下与我口中的哪个更鲜美。

乘坐水陆两用战车

凯恩斯明显热起来。

离赤道近或是空气洁净，印象很深的蓝天白云也更为鲜亮。这里没有冬季，只分雨季旱季。长衣穿不住了，急忙换成短打扮。

到这里正是九点，为赶时间，直奔库兰达镇的热带雨林。那里有着茂密的植物。有人给热带雨林做了简洁的概括：要有古老的树木，遮天蔽日的树冠，1 米深的地下多是植物的根茎。

库兰达镇有历史，成立于 1888 年。这里发现了锌矿，修了铁路，来淘金的人多起来。良好的气候条件，有人种起了植物，当起农场主。还有人想到了不远小山上的那片热带雨林，看到了发展潜力，买下这片物业，开始了修建。修缆车要建塔台，建设过程可能会破坏森林，遭到政府反对。这一家族的人并没气馁，不断研究方案，最后想出用直升机空运的办法运输建材。方案经过 23 个部门的严格审批，终于得到认可。所建 32 座塔台，没砍伐一棵树，1 年内完工，被称为世界上有名的绿色工程。

如何参观热带雨林很费脑筋。林木茂密，道路崎岖不平，还有溪水湖

如伞桫椤树

泊。巧开思路，想到了“二战”时期服过役的水陆两用战车，诺曼底登陆用的就是它。作为旅游交通工具，战车既有体验战争的感觉，又有欣赏热带雨林的新奇，两全其美，至今很难有人效仿。

我们乘坐的战车是六轮驱动，车上有六排座位，能坐 30 人。驾驶员是个典型的美国人，长长的上唇，结实的身体，穿着部队衬衫，戴着礼帽，很像美国军人。问他名字，叫戴瑞恩。坐上战车，戴瑞恩便开进了热带雨林。车子一路下坡，突然停住了，他让我们看路边的蝴蝶，翅膀很长，有 13 厘米，分蓝色、红色，很漂亮。向上看，树干上鼓起了一个大大的“肿瘤”，那是白蚁窝。

车子开开停停地前行。树木越来越密，品种越来越多，净是没见过或很少听到过的：黑槐树在北半球看不到。恐龙树使劲在争高，尽管细，却能得到茂密树林中的第一缕阳光。桫椤树有地球上的活化石之称，树冠如同一把巨伞。此外还有鹿角橛、咖啡树、香蕉树、棕榈树……

车子开到一棵树前停下来。戴瑞恩指着一种植物说，这叫蜇刺树，有毒，轻扎上很痒，重的能致命。有位外国女士曾被“蜇”而亡。戴瑞恩用胳膊在旁边的一棵细矮的树前一动，短袖衬衫立刻被树枝剐住，怎么也拽不下来。戴瑞恩说，这叫“倒钩刺”，钩住就下不来，只能小心慢慢往下褪。

接着戴瑞恩撅了一根植物枝条，绿绿的，有手指粗，使劲抽了几下车的铁板，“叭叭”作响，问：可以干什么用？我们说，可以抽人。他呵呵大笑起来说，对，新加坡的鞭刑就用这家伙，先抽三下，待会儿就疼得撑不住了，外号也叫“待会儿疼”，如果不改再抽。说着把那根枝条对头一窝，柔韧性很好，能成一个圆圈，这比硬棍子还疼。枝条神奇，戴瑞恩更令我们惊异，他突然改说了中文，而且那么地道。

边说边走，车子开到了岔路口，一边是上坡的小路，一边是湖泊。他故意问：“走哪条？”大家说：“下水。”他装作很恐慌的样子说：“不行，

水陆两用车

危险”。我们都笑了，齐声喊：“走水路。”他装作很无奈地说：“只能按大家的要求走了。”车子开进了湖里，有人惊喜地尖叫起来。战车略一颠簸，入水后很平稳，浮在水面上继续前行。戴瑞恩指给我们看，岸边趴着一只龟，又向上指，岸边树干上趴着一只蜥蜴，头向下，与树干颜色接近，一丝不动，很难辨认。

湖面开阔，还有曲折。湖边长满了树木。碧绿的湖水，嫩绿的树木，再加上蓝天白云，非常美丽的画面。几只鸭子出现在水面上，为寂静的湖水增加了活力。我们在这里穿行，带来了唯一的噪声。

穿行在古老的树林中，在现代社会，感到了一种奢侈。

与土著亲密接触 ■

继 1976 年水陆两用战车开动之后，1993 年，凯恩斯热带雨林又开辟了新的项目，土著民族舞蹈表演，让人们切身感受原始的居住生活状态。这里搭建了一个简单的剧场：由高到低的阶梯看台，观众坐在水泥台阶上。舞台用木头搭起，背景也由树木建成，顶上有棚子，光线有些暗，视觉上很原始，却符合表演气氛。

不一会儿，演员上了台，全是男性，穿着植物编织的裙子，褐色的皮肤，黑黑的头发，全身涂着白、绿、黑几种颜色的线条，装饰着朴素之美。我很奇怪，远在南半球的土著很像亚洲人，按理应该差异很大。问了当地人，解释说，这里的土著以前是东南亚一带的游牧民，由于地球版块的移动至于此地。不管是否有依据，拿过地图细看，澳大利亚的北部与亚洲的南部已经不如想象得那样远了。这里的先民是否还有别的移动办法，也未可知。他们在澳洲大陆至少生活了两三万年。

表演开始，“滴都丽都”吹奏起旋律，演员随之踏出节奏鲜明的脚步，先跳“欢迎之舞”，表示对来者的迎宾之意。接下来就是表现土著人生活的

吹奏滴都丽都

土著舞蹈

舞蹈："驱蚊之舞"，土著人在红树林中狩猎时，用树叶拍打身上以驱赶蚊子；"警告之舞"对入侵者的警告，以免发生冲突；"沉默之蛇"是模仿蛇爬行时的动作，演员还走下台来，扭动着胳臂和身体，与观众互动，女人堆里发出了惊恐的尖叫；"分享甜树"表现找到了甜树后，砍下最甜蜜的部分，带回部落，共同分享胜利的果实；"食火鸡之舞"表现热带雨林中最大的一种鸟——食火鸡的动作，以及狩猎时的技能；"袋鼠之舞"模仿袋鼠，表现内部争夺位置的战斗；"跺脚舞"表现土著各种脚上动作的舞蹈，随着节奏，演员叫上了几个观众一同跳舞，去感受土著人的欢乐和生活。

滴都丽都是土著人发明的一种乐器，1 米多长，约有 6 厘米粗，大小并不统一，我想可能根据树干的粗细略有变化，音色也会有区别，中间的孔利用白蚁咬食。这种乐器声音低沉，吹奏时有方法。我试了试，当时很难吹响。土著演员却有技巧，不仅能用嘴，还能用鼻吹出各种旋律，之后又用喉、唇、舌的振动，模仿野狗、袋鼠、笑鸟的声音。笑鸟的叫声因像女人的笑声而得英文名字。看来，滴都丽都在土著人的生活，甚至生产中发挥过重要的作用。

土著人在与自然的抗争中开始了幻想，怎样能使手中的武器变长，取

投掷标枪

得更多的收获，于是想到了投掷，把手中的武器扔得更远。标枪诞生了。铁枪头后加上 1 米多的长竿，能够准确地掷中目标，把几十米外奔跑着的动物猎获。还有不够，又发明了助力器，用一个木托把标枪勾柱，用力掷出，比原来又远了许多，增加了杀伤力。

土著人看到了天上的鸟，怎样才能把它打下来呢？又发明了“回力镖”，也叫“飞去来”。这是一块拐弯儿的木板，像冰球杆的前部。这种工具能利用空气的浮力飞得很高，打中天上飞着的鸟。土著人又想，很不容易制作的，掷出后掉在密林草丛中难于找到，不能有去无回，于是在工具上做了切面，按一定角度掷出，就能沿着轨迹飞行，最后飞回到手中。工具便有了形象的名字。狩猎时，还可用两个回力镖从相对方向掷出，使猎物遭到前后夹击，猝不及防，更增加了成功率。土著人为我们做了示范动作，掷出角度按时钟说大约为 1 点钟，回力镖果真飞了回来。我体验了一把，不能十分准确，大致还能往回飞。看来这种工具还便于掌握。

发明的武器还有另外的用途，那就是部落人如果违规，要接受用标枪穿过大腿的惩罚，否则要离开部落。大部分人宁愿接受处罚，也不愿离开，在痛苦难耐的过程中，深切反思集体在大自然中的力量。

休闲游泳池

澳大利亚围着海，游泳的地方很多。水上运动成为澳洲人的主要健身娱乐项目。黄金海岸既可冲浪，也可游泳。岸边备好了淋浴设备，供下海者冲洗。凯恩斯的游泳场地就更多了。人口集中的地方，比如市区、海港都建有游泳场。市民可以随意享用。

凯恩斯市区的游泳场在城区一隅，距大海十几米，中间仅隔一条人行道，离海那么近，没建在海中，可能是为了安全、方便、老少皆宜。游泳场有几个池子，大小深浅不一，可游泳，也有娱乐性的喷泉，还有专供幼儿游戏的池子，极浅。天气热，为市民提供一个消夏避暑的去处，全是政府投入。

游泳场临着大街，路边一拐就来到游泳区。市民在这区域游泳、嬉戏，还可以约朋友或家人穿着泳装躺在池旁的草坪上休闲，哪怕是消磨时光。年轻夫妇躺在儿童池边，看孩子在水中游戏；年龄大的隔辈人在水边领扶着孩子戏水。有的不游泳，只在路边椅子上或躺或坐静静看书。

所住的宾馆也不例外，庭院不大，四面是三层小楼，可着院子修了两

街边游泳场

戏水

个泳池：一个标准，一个休闲，出房间两步就是。一进宾馆就看见了芭蕉棕榈热带植物下的泳池。正值中午，热，几个旅客穿着泳装在池边乘凉。心想，一定要体验。

晚上，特意早些回到宾馆。换上泳裤，来到浅池旁。水从岸边坡着深下去，最深处也不没人。水里一对年轻恋人在游泳。岸上，几个游客坐在凉椅上。巧得很，一个歌手在岸边弹着吉他唱歌。不知他是自娱，还是受于骋宾馆，或是随意至此收点听众小费。夜色中，人们在静心倾听着。那对恋人随着音乐在水中快乐地旋转，很开心。歌声很美很轻很柔，弥漫在水面上，听起来似乎多了点儿水的波动，增添了几分灵动。

歌手停止了歌唱，我也换到另一个泳池。池里，父子俩在游，渐渐，只剩下我一个。池水清澈，还是海水，不知怎样置换，虽是海滨城市，毕竟离海也有几里。游在水中真静，只有几间客房亮出了灯光。忽走来一位中年妇女，有点儿胖，金黄的头发，披着浴巾，微笑着向我点头示好。我也如是。她下了水，不紧不慢地游，渐渐漂在了水上，一动不动。水性真好，真休闲，我心中赞叹。

天阴下来，掉下了细小的雨点。那位妇女不再漂，上岸，回过头，又向我点头一笑。我伸出大拇指说："游得很好。"她说："你游得也好。"我说："不再游了？"她指指天，掉了雨点儿。我想说，下雨游泳才有情趣，却不会了表达。她走了，不一会，从二层客房走到阳台，披着浴巾，点着了一支香烟，夹在手中，坐在凉椅上，向我摆了摆手。我在水中伸出了手。

都说欧美人开朗，果然，如能流利对话，定会聊得更多。

随意在水中漂游，享用着整池清水。细细的雨点打在身上，凉丝丝的，很惬意，更觉出了水的温暖。

南太平洋游泳

凯恩斯是与大海亲近的好去处。不远的格林岛可以观珊瑚，看海底世界，还可以到大海中游泳。我喜爱游泳，南半球的海水没体验过，还有珊瑚、鱼类，种种联想，忽然产生了水晶宫般的幻想，太诱惑了。

登上大猫号游船，广播开始介绍：游泳，可以到前台租用浮潜用具；潜水，要在专业人员的带领下，潜下十几米深去看海底世界。听说潜水对人体有一定影响，短时间内再升入高空，压力的变化会对听觉产生影响，水中漫步的念头便放弃了。泳一定要游。

我到了前台，两个澳大利亚小伙子在办理租用业务。我问："租浮潜用具多少钱？"他说 30 元。我听说连押金 20。他说，归还用具退 20 元，看我不太明白，又在纸上写了 10 加 20 等于 30。我一想，反正结果一样，租用一次 10 元。

浮潜用具有潜水镜、吸气管，脚蹼要了双 41 号的，又给了一张说明书。第一次穿戴浮潜用具，我仔细看了说明：下水前要把潜水镜涂些吐沫，再用海水冲，以防雾化；要用牙咬住吸气管的胶皮，以防海水进入；潜水镜中进了水，将头抬起，把水倒出等等。

游船在航行，风并不大，湛蓝的海水卷起雪白的浪花。海鸥随着游船自由飞翔。格林岛离大陆有几十公里，孤立于海上，两侧有大面积的沙滩。因岛上有茂密的热带雨林，而被称为绿岛。岛不大，1 小时就能走一圈。常来这里的人就是想与大自然亲近，享受阳光、沙滩和大海，因而开辟了一条航线。

下了游船正好有玻璃海底船，便先坐上去看海底世界。船离开小岛一两千米，船底的玻璃下才出现了珊瑚。珊瑚颜色有多种，形状也各异，如红梅，似孔雀，有浑圆的蘑菇，也有纤细的鹿茸，还有成片的菜花。水中海藻密丛丛，一簇簇，夹在珊瑚之间，随着海的流动而摆动起舞。

这就是闻名于世的大堡礁，斟称自然奇观，已列入世界文化遗产。巨大的珊瑚群，绵延 2400 公里，宛如一道天然海堤，堡垒一样护卫着海岸，故称堡礁。库克船长的“奋进号”曾与珊瑚礁相撞，险些沉没。珊瑚种类有 400 多种，分成软硬两类，硬的密集，软的疏松。这里海水澄清，可望到 20 米深处。珊瑚礁宛如艳丽的花朵，在碧波万顷的大海上怒放。壮观的珊瑚群，要从飞机上去领略。海底船中只能看看它的皮毛。

鱼的种类也很多，大大小小，只记得有鳗鱼，更多稀奇古怪的叫不出名字，大的一两米长摆动有力，小的五花八门色彩斑斓。水中看到一群鱼，开船人拿出一把鱼食往海中一扔，那群鱼立刻在海面上翻腾起来，还引来几只抢食的海鸥。

下了船，走出海港，与同行者说好几点钟在哪儿集合，便直奔沙滩。正值中午，阳光强烈，金黄色的沙滩晒得有些发白。不少人已经躺在沙滩上日光浴了。我急忙换好泳裤来到沙滩上。沙粒很大，能觉出有点儿硌。海浪不断冲刷着沙滩，没有那么多的海澡贝壳，非常洁净。我穿好脚蹼，戴上泳镜，装好吸气管，咬住胶皮，应该是这个意思，便下了海，初次使用，有些不习惯，游了不远，嘴里进点儿水，再做调试，好多了，只是穿

海天一色

着脚蹼打水有些累，上岸休息。

来这里的人渐多，大人小孩都有。海底非常缓，海水不深，不会游泳的人也可在水中游玩，很安全。有的大人干脆躺在沙滩上，让孩子在水中游玩。有的人拿着防水摄影机，做着各种姿势在水中摄影。

我重穿戴好浮潜用具又下了海，感觉很好，便向海的深处游去。透过泳镜看，阳光透过清澈的海水照进海底，闪着一片金黄。一会儿，水中的植物出现了，果真看到了美丽的鱼在游动。水不断加深，鱼也更多。自己也像一条鱼在水中自由游动，真是太美妙了。欣赏着水中美景，不知不觉，游出了很远。离停在海港的游船很近了，看到船边潜水的人。他们戴着浮潜用具，潜到水里，一抬头，还能把吸气管中进的水喷出来，运用自如。

就在立身观看水面，不知怎的，嘴里突然进了水。我试着想学潜水员，把水从吸气喷中喷出来，根本不能，又想抬起头，把水顺着吸气管倒出来，还是

沙鸥

不能。此时，泳镜中也猛然进了水，又仰头去倒，口中又进了水，咸涩。我艰难地回头一看，距离岸边很远了，想起了集合时间，万一找不到走散就麻烦了。心一急，慌了。脚蹼也不听使唤，直立着踩水，身体起不来，费力不说，脚蹼还往下滑，要掉，号大了，小一号就好了。越想把吸气管中的水倒出来，越倒不净，嘴中总含着水，呼吸很困难。我觉得有些不行了，想大声呼喊，周围没有人，喊那个潜水员，他已潜入水中。那两个字没喊出来。我看到了蔚蓝的天空、朵朵的白云，看到了湛蓝的大海，想到了南太平洋……

不知怎的，我的心慢慢平静了。吸气管用不好，摘下来就是了，呼吸平稳了，一下一下地游，有脚蹼游蛙泳确实不便，索性躺在水面游起了仰泳……

终于到了岸边，同行者走下沙滩来找。时间还好，我却有了重逢之感。

凯恩斯巧遇婚纱

凯恩斯海港停泊着许多游船，大大小小，桅杆耸立，相互交错，其中不乏价格不菲的豪华游艇。在澳洲，游艇才是身份的象征。从格林岛回来已经是下午了，夕阳西下，阳光给白色游船镀上了一层金黄色。晚餐的时间还早，我们沿着岸边散散步，领略海港景色，顺便拍些照片。

海港很美，也有特点，有远景，也有特写，边看边行，街上忽然发现一对新人，新郎穿着黑色西装，没打领带，衬衫的领子翻在外面。新娘穿着白色婚纱，胸前绣满粉色花朵。他们在拍婚纱照。旁边还有伴郎伴娘各三人，男士装扮与新郎相同，女士穿着白色的裙子，只是没有粉花。摄影师是个女士，以海港为背景，为他们留下倩影。我一时高兴，难得一遇！怎么拍呢？如何跟人家交涉。我一边盘算着一边往前走，已经来到他们旁边。

就在我手搭快门想端起相机时，两位伴郎坐在路边的椅子上笑着冲我打招呼，让我给他们拍照。我很高兴，抬手就是一张。那位伴郎很兴奋，站起来继续让我拍，两人还摆出了风趣的姿势，真是太好了。他们的笑声引来了同伴。那位伴郎又拉过一位伴娘一起照，故意做出亲密动作。年轻

婚纱

海港

的伴娘有些不好意思，笑弯了腰。大家都笑了。

好机会，我很兴奋，手也很忙，刚想对那位伴郎说，能否给新郎新娘拍张照片。另一位伴郎走过来，拉着我问，能否跟两位新人一起合影？正合吾意，当然可以，走向新人。本想挨着新郎站，新郎却从中间换到另一边，让我挨着新娘。这时我才想到了自己的狼狈：刚从岛上回来，穿着T恤、短裤、沙滩鞋，一副休闲的打扮，又背着个摄影包，与婚纱的场合太不和谐。我犹豫了。新郎看出了我的意思，把我按住说，没关系。一位伴郎走上前来为我整了整T恤的领子。我意识到，相机背带弄乱了衣领，这样也不见得整齐。三位伴娘走过来，全站在一边，我正好站在中间。她们递过两束鲜花，一束放在新娘手中，一束交给了我。没有了过路人的感觉，反倒觉得成了贵客。这是礼节和友好。摄影师按响了快门。这时伴郎也都走过来，集体来个合影。大家狂呼着，做出了各种姿势，站在两边的伴郎更是抬腿举手，做出标新立异的动作。真开心，他们哪里是拍照，简直就是狂欢。那位女摄影师也乐了，照了好多张。她刚要停下，我立刻把手中的照相机递过去说："替我拍两张。"之后，我把摄影师叫过来说："我给你们所有的人拍个合影吧。"之后，逐渐减员，就剩下两位新人，婚纱照片也就顺理成章。

每个人都是满面笑容，也很兴奋。我在想，可遇而不可求，能在国外沾到新人的光很难得，便走到新郎身旁说："能与你们一起拍婚纱照很幸福。"

他说："能有你参加拍照也感到很幸福。"

一位伴郎过来问："你是哪国人？"

我说："中国人。"

他显得非常熟悉地大声对我说："中国，北京。"

我说："对，首都是北京，我就是北京人。"

他们对我兴奋地喊着："北京，北京。"可能是奥运会开过后的影响力吧。

忽然那位伴郎指着我头上戴的高尔夫球帽的图案说："画的那个观澜湖

海港彩虹

很熟悉，参加过在中国举办的观澜湖高尔夫球比赛。”

我说：“非常好，有机会再去中国。”

我与他们告别。走出去很远，两位新人还在海港拍照，只是没有了伴郎伴娘。他们坐在附近等待，没有了那种狂欢的气氛。看来，我的加入确实为他们的婚纱照增添了欢乐的色彩。新郎不年轻，叫来的伴郎年龄也偏大，他们对海港为什么那么感兴趣，是在海港工作，还是家庭与海港有不解之缘，这里的风景很多，只对钟情海港？

天空暗下来，蓝天中的白云，不知不觉中，部分变成了乌云，凯恩斯天气就是富于变化。忽然云边出现了彩虹，一直垂进大海。太阳的余晖照在海面停置的直升机上，非常戗眼，不一会儿，彩虹变成两道，渐渐连成半圆，太美丽了。我举起相机，在想，那对新人如果没走，定会留下这难得的瞬间。

我忽然想起了那句歌词：“不经历风雨，怎能见彩虹。可能是有了格林岛上的游泳，经历了人生的风雨，也会出现彩虹。”

海风

▪ 堪培拉的风格

现代化的大都市似乎都应该是高楼耸立，繁乱喧嚣。堪培拉恰恰相反，没有那种建筑林立犬牙交错的景象，而是低平宽敞和谐统一，布局上的精心设计，建筑与环境的相互融合，给人留下极为深刻的印象。

这座现代化都市建在澳大利亚山脉区的开阔谷地上。说是山地，坡度平缓，没有陡峭的山峰。最高点为首都山，上面建有国会大厦。城市也是以此为中心，呈环形和放射状向四面扩展。联邦大街、堪培拉大街、阿德莱德大街分几面延伸出去，然后再与远方的大道相交，环绕整个城市。大厦前面就是横贯市区的莫朗格洛河。站在国会大厦向东北望，联邦大街与通往机场的大街形成一个大三角。开阔的草地两边竖着许多旗杆，与澳洲特有的红色沙石一起，顺坡而下，铺向对面的另一端——战争纪念馆。这一布局成为堪培拉城市的核心，也可看作轴线，虽不是正南正北，却很有对称之美。纪念馆的后面是安斯利山。

我很惊奇，澳洲人是否也讲风水。这地势太好了，背山面水，远方又有小山在前，真可说是一块宝地。只是同中有异，主建筑是坐南朝北，恰

国会大厦内

战争纪念馆

恰是南半球的特点。面北才最得阳光。有人做脑筋急转弯儿：太阳什么时候从西边出来？答者说出许多：看错的时候；头昏的时候；从镜子里面看；把地球倒过来。果真有一位澳大利亚人觉得，为什么一定要把澳大利亚放在地球下面，于是把世界地图倒过来画，澳大利亚处在地球的上方，太阳当然就从西边出来了。

国会大厦占地32公顷，基地为方形，周边有8个网球场和几个小巧的花园，外围由两条公路环绕，虽然是全国最高权力机构，并不高大雄伟，站在国会大厦前，并无六层高的感觉，给人的是秀丽、精致、巧妙、艺术。圆形的花岗岩外墙与首都山的形状配合得天衣无缝，被誉为是世界上最著名的建筑之一。国会大厦中心区的屋顶覆盖着草皮，建筑利用地形半隐在大片草坡之下，其高度从中间的三层楼高往两侧缓缓而降，使之与大地合为一体，形成一片可以让民众漫步其中的草坡，意在提醒国会议员，他们的权力是来自头顶上行走的人们。

国会大厦外观和内部运用了大量的几何形状。门前以喷泉水池为中心建成巨大圆形广场。大厦门厅十分宽敞，48根不同大小的灰绿色方形云石柱，象征着澳洲特有的桉树林。建筑师以两道弧墙，将国会大厦的平面划分为左中右三个区域，主入口、门厅、大厅为中心区，左右两翼分别是众议院和参议院。两道弧墙交会处是中庭。中庭顶上有玻璃天窗覆盖。天窗上由四根不锈钢棍支起81米高的旗杆，上面挂着澳大利亚国旗。钢架造型很简单，却引人联想，不管从哪个角度看，都像是两个人在用力撑起这面旗帜，寓意着让人民站在国会殿堂之上。

二楼是举行国事招待活动的大厅，墙上悬挂着巨幅壁毯，据说是世界上最大的壁毯。在各个厅室和走廊里，陈列和悬挂的艺术品都是经典之作，而其中尤为引人注目的是依次悬挂着历任英国女王和澳洲总督、议长、总理的油画。室内除了砖石之外，还使用大量的优质木材，让常年对公众开放的国会殿堂显得温暖柔和可亲。

大厦内部的会议厅各有特点，多处运用了方形、棱形、三角形、圆形等形状。两院的议事厅是国会大厦最有代表性的地方，其建筑形制和座位排列基本相同，规模和主色调有所不同。众议院有148名议员，主色调为绿灰色，代表澳洲东南部绿色的草原；参议院只有76名议员，主色调为淡

国会大厦门前

格里芬湖
纪念喷泉

红色，代表澳洲西北部莽红的土地。众议院开会的议会大厅也运用了多种几何形状。会场为方形，主席台在一端的中间，议员的座位则呈“U”字形排列。顶部对称开有两个透光天窗，呈五边形。旁听者坐在二楼，可以从三面观看开会现场。

轴线的另一端是澳大利亚战争纪念馆。纪念馆是一座墨绿圆顶的欧洲城堡式建筑。这座澳大利亚的国家祭坛，设计精致，匠心独运，装饰精细，被公认为世界同类博物馆中极为出色的建筑。从空中俯视，纪念馆呈十字架形。主体建筑里面绘着金黄色的图案。尽管历史上澳大利亚本土几乎没有发生过战争，军队却参加了两次世界大战及朝鲜战争、越南战争，先后有约 102000 士兵在战争中阵亡。馆内两边的墙上镌刻着战争中遇难战士的名录。许多名字上都挂着小红花。馆内建有 3 个主要展厅：第二次世界大战展厅，布莱德拜瑞战机展厅，澳新军团展厅。每一个展厅内都陈列着大量战时的兵器、图片、模型等实物。下午四点五十，正好赶上每天的悼念仪式。前来参加的市民来了很多，有大人也有孩子。仪式由馆长主持，最后，穿着苏格兰服饰的老人走到门前吹响风笛。五点整，老人走入门内，大门关闭。仪式在凄婉的笛声中结束。

国会三角地周边一带还有一批澳大利亚国家级的建筑、主要名胜、国家机构。有国家档案馆、澳洲国立美术馆、澳洲国立图书馆、澳洲国家博物馆、澳洲高等法院等。此外，各国的大使馆也多建在这里。我们特意来到中国大使馆。四层高的楼，楼顶和大门的挑檐都是明式门楼样式。门楼两边的配楼顶部采用了攒尖顶，组合在一起很和谐，有一种亲切感。

城市的楼房都不高，大多二三层。街道宽敞，绿树成荫，少有行人。据说澳洲人不愿意住在堪培拉，虽然是首都，政治中心，人口才 30 多万。我却觉得非常舒适。不知不觉中，来到一片湖水前。这就是著名的格里芬湖，用设计者的名字而命名。时年 36 岁的芝加哥人沃尔特·伯里·格里芬是美国的著名风景设计师。1901 年，澳大利亚联邦政府成立以后，法定要建立首都。为此展开了长达八九年的争论。悉尼曾是库克船长的登陆之地，是澳洲的经济中心，发展很快，人口最多。墨尔本有着久远的历史，是澳洲的新金山，最早有人来此淘金，曾一度为世界上最富裕的城市。两大城市争执不下。直到 1911 年，联邦政府采取折中的办法，在两个城市之间，选一个风调雨顺有山有水的地方建立新首都。遍选几十个地方，选定了距悉尼 240 公里，距墨尔本500公里的地方。此地土著人称堪培拉，意为“汇合之地”，民众又称“聚会的地方”，1820年被新移民发现来建牧场，至1840年发展成一个小镇。这里是石灰岩地质，一片荒原，再加上山坡过度放牧，成为一片不毛之地。

1912年，联邦政府追求完美，主持了一次世界范围内的城市设计比赛，向全世界征集堪培拉城市设计方案。格里芬没到过堪培拉，仅凭大赛提供的资料，与妻子一块儿设计，从137个方案中脱颖而出。这位设计师描绘的堪培拉街道图画在一块棉布上的。这幅珍贵的原作至今保存在澳大利亚国家档案馆。1913年开始按规划建设首都，中间因一次世界大战而停顿，于1927年建成并迁都于此。城市设计中的点睛之笔就是这个湖。在流过城市的莫朗格洛河下游修筑水坝，然后挖了35公里长的湖岸，直到1964年河水注满，这个11公里长的湖，才告成功。说是人工湖，看上去却似天然形成，有了水的灵动，整个城市设计的效果才完全展示出来。

格里芬湖岸绿树环抱。健身的人在骑自行车。岸边堤上是绿色的草坪，市民可以在草坪上或躺或坐休息。湖水里游动着南半球珍贵的黑天鹅。湖中喷起巨大的水柱，高达140米，极为壮观，与蓝天白云联为一体。这是为纪念库克船长上岸200周年而建的库克船长纪念喷泉，成为堪培拉的标致。向远望去，隐约看到首都山上的国会大厦，与顶上的旗杆一起，成为湖中的一景。城市除去电视转播塔没有突兀的建筑，一切与山势融为一体。格里芬用湖把堪培拉一分为二，在春夏秋三个季节里，许多活动在湖边举行。国会三角地带为堪培拉举行国家盛事的中心。

堪培拉可能以说是绿色之都。自1913年至1926年，英国园艺家威士顿为城市绿化，种植了约200万棵树和灌木，使堪培拉绿意盎然。我曾与人谈起过，在澳大利亚远择一个城市哪个好。墨尔本古典，悉尼繁华，而堪培拉最为宜居。

话说澳洲人

澳大利亚华人很多，悉尼最为集中，老王是其中之一，改革开放之初最早的一批移民。他是东北人，学器乐的，吹过长号，以中国交响乐团还有同学自诩。那时国内的工资低，一月只挣50多块钱。这里打工虽然辛苦，可一天能挣出一年的钱，太有魅力了，眼界大开。

他为我们开车，兼做导游，爱说，嘴里滔滔不绝。50多了，做过很多工作，一时也说不清，几十年了，习惯于这里的生活。吃饭很便宜，自己做饭，一人每月二三百块就够了。一般来说，房价100平方米要40多万澳元。他对澳大利亚人情世故太熟悉。我们也出于好奇，不停地问，聊得愈加热闹起来。

澳大利亚的淡水非常少，看着农村有大片的土地，农场主种什么可以自己决定，无人干涉，但由于用水的控制，大片土地只能闲置。在悉尼，牛奶之类的饮料很便宜，1块多1斤，而矿泉水却要两三块钱1瓶。澳洲的地形太简单，山很少，也不高，多是一马平川，空气形不成冷暖交替，地图上周围全是大海，却少有阴雨变化，淡水自然少。澳大利亚没台风，少地震，而有森林大火的危害，烧起来没法救，有时能烧几个月，多靠自

街旁聚会

休闲锻炼

然灭。政府只能把附近居民迁走。

桉树是澳大利亚最具特色的树。颜色独特，远处看上去有些说不准，似黄绿或灰绿色。这种树有很多优点，高大，长得快，叶子常年不落，但吸水性很强，养分吸收也快。中国南方曾有省份引进过，砍去别的树种上桉树，结果强大的吸水性影响了其他植物的生长，还造成土地养分贫疾，破坏了土壤。

桉树的叶子可能有催眠功能。澳大利亚的考拉也称树袋熊，整天睡在桉树上，一天醒几个小时就是在吃桉树叶，睡了吃，吃了睡，长睡不醒，懒。据说这与吃桉树叶有关。还有人联想到澳洲人懒，可能也与桉树多有关。大家一笑。这里的生存条件那么好，为什么非去战天斗地呢。

澳洲人之间也聊天，晚上坐在酒吧，两人或几个人很亲热，说得很热闹，却只谈第三者，不说你我，绝不打听对方。我们平常总爱说："在家靠父母，出门靠朋友。"而澳洲人却不，有事找政府。100 多年已经形成了一套完备的法律，谁都要遵守。他们没那么复杂，只讲理，不讲情。两人之间相识相熟，却成不了铁哥们儿。

夸张地说，澳洲人只会加法，不会减法。一样一样买东西往一块儿加钱可以，如果给 100 元一样一样减东西就不会找钱了。他们工作、办事认真直爽，让干什么就干什么，不用献计献策，也不用一路鞭光，说办这件事，就办这件事，即使顺便或拐个弯儿就能办的事，只要没交代也不办，错了领导负责，不费那么多心思考虑上下级的关系。不定干多长时间就"炒"或被"炒"，很少有人一辈子干一份工作，谁还考虑那么多。他们不耍小聪明。上班打卡，卡在打卡机上挨着打眼儿，用过后再换卡，就不会把卡提一下，使卡总打在一个眼儿上。州与州之间也如是。悉尼申办奥运会，自己找的事自己整，与别的州无关。

悉尼市的地下交通隧道特别多。地面修立交桥，高高低低的乱了视觉，破坏了城市的建筑美，有碍观瞻。还有重要原因：地面建筑不好拆迁。房屋是私人财产，政府也不能侵犯。动员房主迁走，工作就不好做，不是花钱就能办到的。与人打交道不好办，还不如多花钱走地下。

外国人并不十分了解中国。宣传不到位。英文版的书几乎就没有说好的。能接触到的电影是张艺谋拍的，似乎很深刻，多以旧中国为题材，又是农村，人物面貌、生存环境怎么也联想不出现代中国的风貌。外国人以为：这就是中国。这次北京奥运会是一次充分展示中国形象的好机会，让外国人看到了中国的现状。

老王说了很多，越聊越熟也就没了顾及，问起了他的家庭：一个儿子，大了，现在北京打工，做文化工作。问："有澳大利亚籍为什么不在这儿干？"他说："儿子想在北京发展，那里机会多。儿子说了，今后有两种情况会回来，一是混不下去，一是挣了大钱，不当不正就在北京混了。"问他："那你为什么不跟着儿子到北京？"老王深有感触地说："这岁数在北京已经无法混了，又没别的手艺，现在只会开车，这么大岁数，哪儿还要啊。这里的劳动力少，打工挣钱还容易，只能在这儿了。"

晚炼

情人港

情人港的英文名字是 Darling Harbour，又被音译为达令港。查了字典，darling 的意思是心爱的人，叫成情人港就简洁生动起来。我不知原来这个名为 Cockle Bayr 的普通海湾何时生动的，一定是海港的景物人情发生了变化而有了这个名字。

海港迎来送往人们聚集，也是亲友离别的地方，如果是恋人，那更会两情依依难于分舍。苏联有一首老歌叫《海港之夜》，歌词很有意境："当天刚发亮，在那船尾上，只见蓝头巾在飘扬。"曲调也是典型的俄罗斯民歌，充满忧郁和伤别。一听这首曲子总想，那个时节一定很冷，天也是阴沉沉的，起码心情如此。

我也在想，为什么叫情人港，不叫恋人港，这里有差异。恋人缠绵，对于出海远航的人来说能令人动容。而情人港的意思就不同了，让人觉得阳光，浪漫，名字恰如其分。悉尼的天气很少阴天，一年大多阳光灿烂。海港周围布满各种现代化设施，可以带着情人去逛商铺、进餐厅、泡酒吧，也可以到咖啡馆伴着浓香漫谈。

停泊

驻足

悉尼的天气果真多有晴天。早晨还阴云一片，临近中午已是蓝天白云了。想象中，悉尼的情人会聚集到这里谈情说爱。其实不然，并没那么多的情人依偎，但又确实很浪漫。这种浪漫体现在明媚的阳光，在悠闲的表情，在舒缓的行走，在个性的服装。你可以不进咖啡馆，坐在岸边的茶座上，要上一杯饮料，去欣赏海港的景色。海湾里停泊着各种各样的游船。白色的船，蓝色的海，远处是岸上高大的建筑，让人感觉到现代生活的气息。而眼前走在海边甬道上的行人，穿着五颜六色的服装，与海港的景色融为一体，不觉得人物多余，反而增加了画面的生动和色彩。

也有年轻男女牵手相扶走过，没有连成一片成为“港”的感觉。倒有一位年轻姑娘吸引了我的视线，金黄色的头发披在肩上，坐在岸边的木条凳上，好像在等什么人，过了一会儿，拿出手机通话，认真地说着，时间很长，变了不同姿势，不知通话的另一方是谁，也不知说些什么，只是面带微笑的表情很迷人，在情人港让人引起美好的联想，去为她祝福。

现代的情人港没有了那种长年的远行，也没有驾驶渔船出海的生离死别。多是乘坐游船去欣赏沿岸的旖旎风光、现代建筑、宏伟的海湾大桥。标志性的悉尼歌剧院，以前一看到外形，总觉得华而不实，甚至哗众取宠。近距离观看，才感觉到了美丽和别具一格，像一组扬起的风帆航行在海上，又像是一簇洁白的莲花盛开在港湾，还像是晶莹的贝壳矗立在海滩上。设计者丹麦人 J. 伍重太有才了，从 233 个方案中脱颖而出。外观不仅好看还实用。88258 平方米的建筑面积，包括大音乐厅、歌剧厅、剧场和小音乐厅，还设有排演厅、接待厅、展览厅、录音厅，同时容 6000 多人在里面活动。设计者不管结构，把理想转化为现实，在施工中还遇到了很多麻烦，费了很多心思，工期长达十几年，开支也增加了很多才建成。悉尼歌剧院的设计很有道理：陡峭光滑的外表贴上亚光的瓷砖，使这里成群的海鸥无法着落，也就没有了鸟粪，否则不堪设想。建筑外表的尘土，一经雨水，很容易冲掉，省去了擦洗，可永保洁净，真是想得长远，一劳永逸。

短暂的分离，并无久别的兴奋。远距离打量情人港，那色彩、那情调确实很迷人，令人思念。不能想象，现代、繁华的背后，当年曾经是出口羊毛的港口。码头上的仓库造船厂面粉厂早已消失。取而代之的是商铺、酒吧、咖啡屋，人们往来再不是搬运货物，而是在享受生活带给人的美好。

四辑　我向欧陆

巴黎圣母院

海德堡市档案

德国。海德堡。

城市依山傍水，山清水秀。内卡河从山前流过。河上架着石头建造的古老大桥。不远处的山上是残存的古城堡。秀美的城市，有着悠久的历史。海德堡建于1196年，1692年被毁掉。1811年，一个叫海德的法国伯爵来到这里，发现这个古堡很浪漫，就住下来，开始修复这片废墟，形成了这座美丽的城市。“二战”时，海德堡险些被战争毁灭。

许多伟大的艺术家、科学家、思想家在此引发了创作灵感。马克·吐温从这里开始了欧洲之旅；透纳在此完成了许多知名的风景画；罗勃本生在此任教了40多年；黑格尔曾在此漫步冥想。还有歌德、韦伯、舒曼……这个城市留下了他们的足迹。自然与人文交织在一起，使这个只有十几万人口的城市，每年吸引着300多万名游客观光驻足。

很早就听说过海德堡的印刷机著名。海德堡却还不是工业城市。这是一座最古老的大学城，很多行业围绕着大学开办。说它是研究城、科学城更为合适。可以说，这里的文化氛围很浓厚。城市的档案，更是别具特点。

清晨，街上非常宁静。路是由石块铺成的。每块石面有点儿鼓起，踩在上面有些硌，但结实，不存水，便于修换。城市是中世纪的设计。街道两边大都是五六层的楼房。楼房紧挨着，没有间隙。城市没有院落和围墙，门前标明了地址。这让我们觉得生疏，一时找不到规律，按照地址很是找了一会儿。

我们终于在一幢三层的小楼前停住了脚步。18 世纪建的老房子。三角形的屋顶和古旧的外墙已经看出了历史的沧桑。大门关闭，上面贴着一张纸：今天有人来访，办公室不能对外开放。啊，这一定是城市的档案办公室了。看来，主人做了充分的准备。轻轻敲开了大门。办公室主任彼特·布鲁姆（Peter Blum）先生热情地出来迎接，其余 6 名工作人员也排列身后。我们进了接待室。桌上已经有序地摆列好珍贵的资料文献。我们坐在椅子上，而他们全体站立，一名工作人员还为我们端过咖啡和巧克力。

彼特·布鲁姆先生说：这里最古老的档案收藏可以追溯到公元 896 年。那是国王给教会的证书原件。自此至今这种档案记述没有中断，总计能有 1500 多件。这里收集的还有 17 世纪以来的文献。有些文献资料十分珍贵：有 1701 年纪录市政府奠基的文件及图片，有 1890 年火车车厢的图片，有第一个消防器的照片，还有 20 世纪 20 年代公演戏剧的海报广告等。由于战争和大火，中世纪的很多资料找不到了。

当代的文献源起步较晚，始于 1982 年。最早的文库曾是市政府新闻局的一部分。1988 年办公室才独立出来，现在属于市政府的一部分，受市长的直接管理，主要为政府机关提供咨询服务。到目前为止，所有的档案文献加在一起有 7 公里长，工作人员做了大量的工作。办公楼的一层还有图书馆，里面有 3.5 万册图书。这些图书都是围绕着城市的演变发展收集的。

楼房的三层是阁楼，尖房顶，能看到楼房时间久远的木头梁柱。这里保存了当代的文献。文献资料分成两部分，涉及人和物，共800多个文件，很多来自《海德堡日报》，选择比较重要的剪下来，标上时间、日期、编号等，再做数字化处理。编排系统按ABC字母排列。检索可以用多种方式。内容也在不断发展。如协会就是一个典型的例子。在德国，三个人就可以组成一个协会，什么音乐、足球等各种名目。再如工业，工厂在哪个区，属于什么行业等，所有这些都能准确地检索到。

圣诞前的海德堡

楼房的地下室是图片收集室。里面放着一些翻版机和数字相机。档案柜里存有5万张图片，分为三部分：人、物和明信片。原版图放到网页上，进行文献数字化处理。工作人员边介绍，边拿出了一张玻璃底片。这是早年干版照相机上用的，很珍贵。他熟练地操作着设备，不一会儿，就把这张底片照片打印出来。这令我很新奇。

文献库在另外一个楼里。城市所在的州还有更大的文献库。德国是联邦、州、市三级管理，法律也各有不同。德国有文献法，每个人都有权力查询感兴趣的问题。这里除去图片，其他的资料都可免费为市民提供服务。这里每年有上千人登门查询资料，还有上千人通过电话等方式查询。几千

悠远

人中，大约 1/3 来自城市的管理机关。人们不仅可以查阅文字文献，还可以通过网络来查询。同时，还可以查单位或个人的地址等很多内容。比如 1860 年，海德堡出过一本地名册，每个市民的姓名、地址都在上面。至今没有停止，这是难得的延续。

我看到了他们的成就，看到了文化在海德堡的位置，更看到了文化在市民中的应用和普及。

▪ 相会市长

已近中午。我们匆匆穿过几条街道，来到海德堡的市政府议政大厅。

大厅前是广场，这是欧洲城市的建设格局。广场上已经妆点出浓重的圣诞节景象。我在街心不失时机地拍了张照片，就是这样一点儿时间，也造成了几个人在等。我有些不好意思，紧跑了几步，赶到大厅门口。我们将在议政大厅得到主管文化教育副市长的接见。这不是来访者谁都能有的机会。我们自然要为这个礼遇感到兴奋。

议政大厅是巴洛克时期的建筑，古老、庄重。内壁以木材为主，上面布满了雕刻出的人物及装饰，极为精致。大厅两侧是几面巨大的玻璃窗，上面有色彩艳丽的绘画，画的是古代选帝侯时期人民生活的内容。大厅正面墙上是一幅巨大的油画，内容是1585年选帝侯时期，这个城市议政时的情景。据说，人们讨论的是教育方面的问题。海德堡是大学城之说也就有了悠久的历史。大厅里所有的绘画都出自当地艺术大师之手。人物众多，神态逼真。其艺术水准令人叹服。

空旷的议政大厅里放着一排排简单的座椅，前方正中是一个主席台，后面没有座椅。讲话人只能站立。大厅的地面是水平的。座椅与主席台都在一个平面上。如果准确地说，主席台看上去更像是讲台。大厅倒像是课堂了。我们一行人边欣赏边往里面走。主人彼特·布鲁姆先生安排我们在前排坐下。他去请副市长。

不一会儿，副市长来了。黑白相间的头发，修长的身材，走路很轻，觉得并不老，反而有股年轻率气的感觉。在布鲁姆先生的引导下，副市长很热情地与我们每个人打了招呼。然后，他走到主席台旁，很随意地开始了讲话。

海德堡市街景

副市长先介绍了这个城市。海德堡共 13 万人，2.4 万是外国人，出生率是负增长。预计增加到 15 万人。这个城市很有发展。城市有 9.7 万个就业岗位，7.9 万在服务业，最多的就业地方是大学，有 1.5 万人就学。最大的产业是海德堡印刷机械厂，有 2.4 万名职员。此外，还有化工、信息、媒体等。城市的周边到此就业的还有 5.9 万人。这给城市的交通和污染带来一定问题。但没办法，城郊的房租便宜，人们当然愿意到城郊去住。他本人也有这个感觉。说到此，他笑了。我们明白了他的幽默，也笑了。

此后，副市长的讲话越来越风趣，不时引起我们的笑声。他也更随意，一手扶着主席台，不时还把腿搭在另一条腿上。

我坐在第一排，离主席台得很近，大约一两米远。这样的距离非常便于交流，可以随时发问和对话。

我们问："德国新上任了一位女总理。"

副市长讲："这两天有了新政府。我们也很关心新政府的工作。海德堡所在的州，明年 3 月选举，10 月是市长选举。目前，市长的人选还未定。明年是惊心动魄的一年。如果你们能再来，将会有新的市长出现。"

我们问："您参加竞选吗？"

他笑着说："要是这样，就不会有现在这样轻松。"

他离开讲台，走到一旁说："先生是否能说些什么？"边说边微笑着看着我。

我站到了主席台上，简单地说了几句。无非是感谢副市长先生在百忙之中的拨冗接见，介绍我们一行人的简单情况，同时对这里的充分准备和热情接待深表感谢等等。

他不时点着头，始终在微笑。

我也没了拘束，跟他幽默地说："希望副市长明年能够连任，如有可能再进一步当市长。"

他听后开怀地笑了起来，然后引导我们到大厅的一角。桌子上已经放置了许多高脚酒杯。杯里备好了红葡萄酒和饮料。他拿起一杯红葡萄酒，并让我们共同举杯，一一相碰，共饮。啊，这是专门准备的一个酒会。

我们边品美酒边聊天。话题又谈起了议政大厅的历史、建筑及绘画、雕刻。大厅的艺术体现在建筑的每一个细节里。副市长细致地为我们介绍。我们就是在这样一种欢乐轻松典雅的气氛中畅谈。之间没有职务的隔阂，只有朋友之间的友谊。

欧洲的装修

想象中的欧洲是富有，住房装修一定很排场。而实际，出于对古老城市的保护，欧洲的宾馆许多是由老房子改造而成，客房也就普遍较小。装修的风格因国家而异，理念是简单、实用。

感受最深的是德国。我们住的是一家四星级的宾馆。房间的色彩，灯光的装饰及床上用品，进入客房的第一印象让你感到温馨、高雅。光源多是白炽灯，主要来自墙壁，最多桌上放只台灯，顶灯几乎不见。颜色以黄色为基调。床单满铺在床上，枕头方形，柔软宽大。

而当你再注意细节，就会另有发现——简约。整个房间，偌大的窗户，房顶上只是一条滑轨，两幅窗帘挂在上面。拉动窗帘，轻松自如，绝无拉扯不动的现象。进门的过道与房间形成的门口包了较宽的木线。门口上没有横梁，木线也就一直通到房顶。房顶上不做任何处理，就是白顶。最初觉得没有横的门框有些秃，再看又有合理性，觉得房间有一种通透感。床头柜利用房间的犄角，把一块面板固定在墙上，下面是空的。写字台也是一大块面板，一边固定在墙上，下面用两根铁管支撑住。这一切，初看上

意大利罗马
万神殿

鸟瞰巴黎

去觉得不像家具，细想，不仅省材，而且最大限度地利用了空间。地面满铺的是地毯，暗红色。墙角没有贴踢脚板，而是把地毡折起约 6 公分的边。经济，也是一种风格。

卫生间不吊顶。顶上做了拉毛处理，然后刷上涂料。浴帘挂在房顶的滑轨上。坐便器固定在墙上，悬空，与地面有五六公分的距离。坐便器的下体向内倾斜，呈锥形，尖的，使地面最大限度地露出，便于清扫。水箱嵌入墙里，外面是平的，仔细才能看到有一个检查口。水箱的开关分成两档，一多一少。多的有 6 升，少的那档按下后一抬手水就关，效果如水龙头，不用等到 3 升流完。面盆上的水龙头手感非常好，轻轻触动，就有水出，开得大，水流就大，随心调节。让你感到品质的优良。没有那种：初开，没水；再开，大了的现象。镜子更加实用。正面是主镜，旁边还有一个可以推拉移动的小镜子。镜面能放大几倍，看清面部每一根胡须和每一个汗毛孔，更加便于面部的清理。

不论你使用哪一种东西，都能感到舒适合理，从细枝末节上体会到工业的水平与科技的进步。

至于在法国和意大利，同样也是三四星级的宾馆，这种简单、实用的例子也是随处可见。窗帘无杆无盒，有的为了装饰，只把一块与窗帘相同花色的布平放在窗帘前面，起到窗帘盒的作用。越是古老的城市，宾馆的房间越小。佛罗伦萨有一家宾馆，小到双人间的单人床之间只能放一只床头柜。设置上却别出心裁。为了节省空间，在进门过道与房间的连接处，做了一个 45 度的斜角，使客房的空间显得大了些。而这个斜角的背面正是卫生间的洗手盆。斜面上放的是一面镜子。两侧再放上两条镜子，很对称，可以照到人的两个侧面，显得巧妙合理。浴盆旁的三面墙上贴的是瓷砖，却没有到顶，高度只有一人多高。那是洗浴的水可以溅到的高度。卫生间其他墙面上贴的都是塑料砖，节简至极。

其实，来这里居住的多是匆匆的过客，我想，注意到这些细节的人不会很多。怎样处理这些细节，体现了社会的理念。社会崇尚节俭，没用的东西何必浪费呢！法国人宁可在墙上挂两幅油画。这可能是客人的目光停留最多的地方。按理说，欧洲的生活水平在世界上是很高的，装修可能是必要的，但要用在该用的地方。装修理念也要符合节约型社会的要求。看过西欧的装修，理解了什么是不饰奢华，物尽所用。

意大利罗马许愿泉

欧洲的早餐

早就听说欧洲人非常重视早餐，而且以德法最为突出，及至品尝了，才知道为什么好。它的好不在于我们常说的那种色香味或煎炒烹炸，而在于它的品质，营养。

为了能好好体会，每次我都起得很早，当作学习，一到点便来到餐厅。我所去的餐厅，不是街上的餐馆，大都是饭店内的。这里常有进出的客人。有的饭店的餐厅离大门口很近，几步就可以进入餐厅。但餐厅门口儿没有把门或收票之人，想吃个“白饭”很容易。以我们所见，没有“不轨”之人进入。

早餐是自助。几乎每个餐厅里都摆满了品种繁多的各类食品，令人目不暇接。餐厅中间要摆放，四周的沿墙也要摆放。而且都是按类别摆好。每一类都品质良好，鲜亮可人。面包和肉当然是主要角色。肉类有不同品种的肠，切得既薄又匀，整齐地码放在盘里。肘子肉的口感不是那么有滋有味儿，吃起来有些不惯，而生熟的火候掌握得非常好。看上去像是加生，吃起来却是熟的。这样做最大限度地保持了食品的营养成分。印象最深的是肠，也切成薄片儿，颜色粉红，看上去就那么新鲜。

面包也有几种：香的甜的酥的，也有没味儿的“白面包”。最初，只捡那些各色花样的用。当地人更爱吃这种白面包。白面包品种也有几种，各国不同。印象深的是一种长圆形的面包，大小适中，烤得外面焦脆，中间松软。后来我也学着当地人，在白面包上抹黄油、果酱、奶酪等。吃起来焦脆里夹杂着香甜，味道儿好极了。更主要的是刀叉并用的效果，好像找到了当地人的那种感觉。

饮品主要是热咖啡，壶放在餐桌上，随手可倒。也有的餐厅放在台子上，那是自动壶，根据选用杯子的大小，去按不同的钮。第一次不知，取过一杯按下相应的按钮，就在觉得要溢出杯外时，咖啡壶停住，此时刚好一满杯。牛奶是凉的，自己往热咖啡里兑。当地人还有另外一种吃法：取一小盘倒上凉牛奶，再加入各类果仁：有西瓜子、花生、榛子、葵花子等坚果；还可以加入另一类食品：比如麦片以及各种加工制成的各种膨化食品，吃起来凉脆可口，别有风味。饮品还有各种果汁：橙子、橘子、西红柿等不同品种放在容器中。每个餐厅都有新鲜的水果：梨、提子、苹果、草莓、橙子、橘子、西瓜、哈密瓜，及黄瓜、西红柿等蔬菜。有的餐馆还有鲜榨机，随意自己榨取。

奶酪一片片地放在盘里。黄油、蜂蜜是一盒盒的小包装。果酱的品种很多，桃、杏、葡萄、草莓等，放在精致的小玻璃瓶里，根据自己的口味选取。

煮鸡蛋也有讲究。不少餐厅把煮熟的鸡蛋分成三个品种：蛋黄是溏黄的、刚好凝固的和硬的。每种鸡蛋上都印有文字说明，供人选择。还有的餐厅放有生鸡蛋，旁边放有开水和小勺，客人可以自己操作，选择火候。

早餐也有热菜：有炸肠、炒肉片、炒鸡蛋等等，放在保温箱里。当然做法与菜名都与中餐不同。

在惊叹如此丰富的同时，取过一个餐盘，上面铺好了一张印制精美的餐纸，你可以根据自己的口味，营养的搭配，从容选择。餐桌上还放着小袋的糖、盐等调料备用。你可以再去取饮品。服务员会为你送上餐巾和刀叉。

这样的早餐基本没有口味上的差别，而营养上非常全面。面包、黄油、肉、蛋、奶、水果，这些主要品种的营养合理、均衡，足以维持人体的需要。为了体会，每样都要尝点儿。吃下一遭，一天的营养都快够了，其余两餐真可以轻描淡写了。

看到了这些早餐，就理解了欧洲人在很多时候不把吃饭看得那么重，工作中，甚至把午餐都搞得很简单。他们注重的是营养。同餐的过程中，看到过不少欧洲人，其中有相当一部分是人高马大。看来，强壮的体态和健康的身体，不无饮食上的因素。

清晨

▪ 被困也浪漫

海德堡是德国浪漫主义的象征地，当时没能感觉到。

浪漫无形，需慢慢体会。

这里是内卡河流入莱茵平原的交汇口。河边就是奥登林山。不高的山上建着栋栋别墅。山的更高处就是建于 13 世纪文艺复兴时代歌德式建筑代表作的古城堡。这里曾是布华兹公爵维斯巴哈家族的居城。城堡地下室放置着世界最大的木制葡萄酒桶，可容纳 22 万公升的葡萄酒。

海德堡是德国最古老的大学城。旧大学区里的海德堡大学有一座学生“监狱”。它是 1778 年至 1914 年间，处罚行为不良学生的拘留所。拘役时间由 2 至 10 天不等，被拘禁的学生通常以题字与涂鸦来消磨时间。刻在木桌和墙上深深浅浅的字迹，现在已经成为印证当年的遗迹。

市中心楼房间的开阔地，有古老的马克广场与谷物广场。离圣诞还有一个月，广场上已经装扮起来。那天天阴，可毕竟已近中午，摊位和游艺上的灯光依然闪亮，装点着城市的节日气氛。

这是城市的风貌。景物应该随机记录下来。来时做了充分的准备，出宾馆时还是忘记多带胶卷，我一直在懊悔。

中午，借着吃饭之机，我问导游："车停在哪儿？离这儿远不远？往返多长时间？"导游看出了我的心情。他问了餐馆上饭的速度，看了看手表，想了一下说："车停在不远处的路边。你去车上取胶卷，快去快回应该来得及。"

凭着多年出差的经验，出门认路不算什么事。而这次不同，是在国外，语言不通，此处的街巷地点、餐馆名称一概不知，走差了路，问是回不来的，况且时间又很紧迫，耽误的不仅是一个人的时间。我也格外谨慎，反复向导游问清了司机停车的地点，核实了路的走向，约走多长时间。我想好了，一去6分钟，不见就回返，肯定不会出问题。

海德堡依山势而建，城市有缓缓的坡度。街道也不是正南正北的路。我想了一条最为保险的路——走河边内卡河旁的公路，这最好记忆。我疾步前行，河边秀丽风光无心观看，一心只注意着路边的停车场。不远处停着几辆车，没有我要找的那辆面包车。我看了看手表，已有6分钟了，再往前看，还停着几辆，也许导游说的是那个停车场，就继续往前走，还是没有。我问一位路人，前边还有没有停车场。那位德国人指了指前边不远处说："那里有一个停车场。"

我又向前走了几步，果真有一个大型停车场。印象中，车库是依山掏建而成。门是一个有上下滑道的铁栅栏，打开着。里面停着几十辆或是更多的汽车。我进了停车场，光线有些暗，我一辆辆地查看着。车库曲折，走到车库尽头，路又折向另一方，车还挺多。我把所有的车辆全看了一遍，还是没有那辆面包车。没办法，回去吧。我借着返回，又查看了一遍，肯定没了。

回去吧。就在我想出车库时，这才发现，铁栅栏门滑下，紧闭着。怎么回事？车库里没见有人，门怎么会关呢？是定时，还是有什么扫描设备知道我是个不速之客？

心急如焚！

佛罗伦萨浪漫圣诞

享受戛纳阳光

我在门前转来转去，仔细观看。门是自动的。我用手来回触摸着门上的一切电器，希望无意碰到哪儿，门能打开，甚至异想，有“芝麻开门”的魔法就好了。怎么也无济于事。忽然想起另一位同行者早晨遛弯儿，看到一个商店的门开着，好奇，进去看看，结果被关在了门里。他情急之下，硬是把大门撬开了一条缝，钻了出来，回去之后一个劲儿内疚地说，我对不起德国人民。此时，我也想有个什么东西，能把门撬开，四处干干净净，任何器物都没有。

我往车库的四周看，怎么会无人看管呢？有个人就好了。我又往车库的高处反复观看，是不是能有个监控器之类，也好做些过激行为，被人发现——空空如也。此处没有刷卡电话，手机不能通，无法与同行者联系。困在这里就完了。就算不是一天，几个小时，同行者也会着急。他们无处找我。

绝望！

我在车库里寻找，四壁上哪儿能有个窗户也好。

就在四处张望时，我突然在车库尽头的汽车里发现了一个人。刚才怎么没发现？不知他早在车里，还是别处另有一门儿？真是柳暗花明，绝处逢生。此时也顾不上那么许多了，我赶快跑过去，打着手势：我要出去。

那人打开车窗，伸出头看着我，还大声在说，似乎在问我想做什么？

我指着关着的大门说：“怎么打开？”

他看明白了，打着了汽车，开到大门旁，拿出了一张卡，在刷卡机上刷了一下，大门自动打开了。啊，机关在这里。如释重负，我紧跑几步出了大门，回过头来，看着那个德国人。他也慢慢开动了汽车，出了大门。

我伸手向他致意，表示感谢。

他微笑着随意摆了摆手，似乎在说：“不用，没什么。”

我连跑带颠儿地往回赶，也没记清他的相貌。

进了那家餐馆，幸好耽误的时间还不算太长。我没说那段经历，不让大家着急，只对导游说，没找到司机和面包车，走了很远，不知是哪个停车场，连那个大型停车场也进去了。

导游说：“就是不远处的路边停车场。我跟司机联系过，他离开路边停车场去吃饭了，无法通知你。”

我坐在饭桌前暗暗庆幸，被困的时间不算长，也幸好出现了那个德国开车人。只是有一点不明白，车库的大门为什么是开着的呢？并没发现有车出入。

也许，这也是一种浪漫吧！

▪ 印象迪伦市

北方下着雪。

初冬的季节，路上飘落着不少树叶。空气有些湿润，所以不觉得那么干冷。

迪伦是德国的一个小城市，人口有 9 万多。大约早晨 9 点，我们进入迪伦市。街上，人很少。

车停在路旁。下得车来，迎面不远处的梧桐树掩映着哥特式的楼房，很有几分风光。我拿出相机，想拍下这一街景，取好景，又觉得画面过于冷清，该有个人物才有生气。我等了半天，才有一个妇女匆匆走过。

马路的交叉处设立着红绿灯。车与行人虽不多，却都严格遵守着规则。没设红绿灯的路口要看谁先行。行人欲过，汽车绝对会停下来礼让。略有相持，司机也会对你一笑，做出让你先行的手势。

这个城市给了我第一印象。

我们的车刚到，帕维利则克（Pwlizeek）先生也到了。他英俊，很有风度，黑色的皮礼帽下，压着灰白相间的头发，长且卷。身穿黑色的皮衣，更显出修长的身材。他微笑着跟我们每个人点头示好，算是相识了。他与翻译说了一会儿话，似乎是了解一下我们的情况，然后就带领我们到办公大楼。

他是主管城市保护的官员，对我们的到来表示欢迎。这个城市与浙江的金华市是友好城市。我知道了他的身份，却没有觉出他有丝毫领导的派头。他的话很风趣。本来他的工作是建筑或建设。此时他却偏称也与档案有关。他是档案的使用者——那些活生生的建筑就是他的档案。语言很精彩，也很幽默。气氛立刻活跃起来。

他先介绍了这个城市。这是个新建的老城市。迪伦市有 1300 多年的历史。公元 747 年，出现了“迪瑞亚别墅”的记载。这是新教和法兰克族宫廷贵族丕平兄弟集会的场所。1241 年，出现了城市防御工事墙的记载。这座城市在“二战”时几乎全部被炸毁。主要是最后从精神上全面摧毁士兵的抵抗意志。残存的古迹已经屈指可数。有建于 13 世纪至 16 世纪的城墙遗址；有散落着几处建于 1887 年至 1905 年间的古民宅。迪伦人认为：一个城市需要有可以回忆的东西。城市的历史可以帮助了解自己的根和自我，增强自信和展望未来。其他的著名建筑，如圣马丁教堂、圣安娜教堂、普鲁斯磨房等都是按原样新建的。

新建城市的格局还是延续了旧城的图纸。我们觉得奇怪，为何不重新设计规划？他解释说：“这是由于战后，每家都在自己的地基上用砖头堆起了房子。教堂也如是，因为都有自己的产权。还有另一个建筑上的理论：一个城市的建筑不是三维，是四维，要加上时间。不这样，市民与城市就失去一种关系，要考虑历史的连续性。”

“二战”时，很多图纸被炸毁，新建筑的图纸也面临怎样保存的问题。这是资料，档案馆要保存。即使是传统产业——工厂的地图也有收集、保存的价值。社会上各种各样的人都可能感兴趣。如铸造厂，环保局就感兴趣。它对环境污染的历史过程，怎样污染了这个城市等都要研究。现在，

迪伦街景

社会发展得这样快，如果没有图纸，下几代人就可能遗忘了。城市的发展演变必须全方位记录下来。

帕维利则克先生带我们来到同一个楼的迪伦市档案馆。这里也是向政府提供资料和服务。档案从 16 世纪到“二战”结束时的文献保存完好。他们把最老的市政会议记录——1596 年至 1609 年间手写的原件拿出来让我们观看，非常珍贵，上面的笔迹依然清晰，现代人很难读懂当时的文字。

他直接用手翻阅，没戴手套。我们事后分析，主要还是这里的人少，所以翻阅损坏也比较小。还有少见的早年的结婚证书，那是一张纸上，下面贴有一排纸穗。纸上写着相关的文字。报纸也是馆藏藏品，最早的是 1818 年的报纸，内容是公告性的。

档案馆的书库里有 1.6 万册图书。放档案用的是自动密集架，并不现代，样式很旧。但要知道，50 年前就在使用这些自动密集架了，现在依旧。另一个库房要新一些，建于 20 世纪 70 年代。这里有一些很珍贵的图书。他从书架上拿下一本 1479 年的版本，四开大小，封面穿着麻绳。这是从一个牧师手中买来的，品像完好。又拿下一本，是 1489 年的版本，牛皮的封面，如果拍卖，也会价值连城。我们为能看到这样珍贵的文物而感到荣幸。

我们又回到了帕维利则克先生的办公室。帕维利则克先生最后说了一句，档案是一个城市的大脑。这给我们留下了很深的记忆。

我拿出了随身携带的小礼品，同样的两个送给他。其实只是随意，嫌麻烦，不愿意再带回去。他不解，一定要问清楚，那一个送给谁？

我想了想只好说："送给您的妻子。"

他说："不要，没有妻子，只有女朋友，与她一块儿生活了 20 多年，还有了一个女儿。"

我说："那就送给您的女朋友吧。"

他非常高兴地接受了。

艺术的巴黎

巴黎是欧洲的中心城市。在物质丰富的欧洲，巴黎没有大都会的浮躁、嘈杂与拥塞。路口红绿灯前的车辆匆匆，而秩序井然。协和广场是巴黎的中心，卢浮宫、凯旋门等最为著名的景观都在你的视线中。城市的树木很多。香榭丽舍大街一侧的路边，有成行的树。大片的绿地上，也会长出一棵法国梧桐树，深秋的季节，叶子点染出了杏红和橘黄，颇有景致。

埃菲尔铁塔周围也有着大片的绿地和树林，空气很好。中午时分，巴黎人还在跑步，有老人，也有年轻人。我奇怪，敢是他们习惯午练，或是锻炼不分时间！巨大的埃菲尔铁塔耸入云天。这是现代巴黎人的骄傲，1889 年为庆祝法国大革命 100 周年而建。塔下的广场上，成群的鸽子落在地上。鸽子不认生，不远飞。几个大大小小的孩子在与它们嬉戏。天空飘落一阵细雨，地上有些潮湿，倒影把鸽子和孩子映在了一起。

埃菲尔铁塔的四个脚装有电梯，运送着上下的游客。钢铁展示出的艺术吸引了各国游人。参观铁塔的人排着长队，等着乘坐电梯。之中有不同的年龄和不同的肤色。孤寂中，传来了琴声。一位俄罗斯老人，在铁塔旁

胜利女神

维纳斯

的埃菲尔像前拉着手风琴。他头戴棉帽，表情丰富地演奏着前苏联歌曲，引得不少人观看，为人们排解着等待的寂寞。老人也能收到一些小费。埃菲尔铁塔是巴黎最高的建筑，有320.775米高，在铁塔顶上走一周，巴黎尽收眼底。协合广场、凯旋门、玛德莱那教堂、蒂伊勒里花园、卢浮宫等建筑历历在目。塞纳河穿过整个城市，带来无限生机。城市的建筑大都在一个高度上。楼房不是鳞次栉比，而是整齐划一，很是和谐。比较醒目的建筑要算拿破仑墓了。圆圆的屋顶高于其他建筑，且在阳光下闪着耀眼的金光。

在巴黎，许多雕像镀着黄金，使人联想到的词是金碧辉煌。当年，马可·波罗曾经用这个词形容过古时的北京。其实，那有浓重的渲染成分，因为中国宫殿用的多是黄色琉璃瓦。建筑上大面积用镀金的并不多。而巴黎却有那么多的建筑和雕塑上镀着黄金。方尖碑的顶部，花坛上的塑像，协合桥上的雕像，拿破仑像及墓的顶部都镀着金，哪怕在阴雨的天气，也格外鲜亮，熠熠生辉。

如果仅是黄金，成堆也不足为奇。巴黎给人最突出的感觉是众多的塑像。每个塑像都包含着一段历史。最为高大的是矗立在凡尔赛宫前的路易十四，很少有塑像能在高度和体积上与之相比。他骑在高高的战马上，横枪立马，威风凛然。还有众多的雕像遍布在巴黎的大街、广场。至于说雕刻，那更是布满了大大小小的建筑上。你能感觉到，巴黎包围在艺术之中。凯旋门算是代表，上面有着众多的雕刻。凯旋门是拿破仑为自己建立的丰碑，1806年兴建，历时30年才竣工。门内壁和石柱上刻有描绘法国战史的恢弘场面。醒目的是凯旋门外墙的四组大型浮雕。正面的右侧浮雕是弗朗索瓦吕德的“马赛曲”，在四组浮雕中最著名；左侧的浮雕是考尔多维的“凯旋”，纪念维也纳条约。后面右侧浮雕为“抵抗”；左侧为“和平”。浮雕的艺术水准令人赞叹不已。凯旋门上刻有跟随拿破仑征战的几百位将军的名字。门下是无名烈士墓，墓前的地上点着长明火焰。游人都要在这里驻足。一对法国青年男女来到这里，在地上放了一束鲜花，默哀了几分钟，然后走去。

说雕刻是欧洲的艺术并不过分。卢浮宫这个世界上最大的博物馆，可以说是艺术的宝库。展览内容包括6部分：希腊罗马艺术馆、埃及艺术馆、东方艺术馆、绘画馆、雕塑馆和装饰馆。卢浮宫的雕像众多。希腊神话的雕像，哪一个都有着几千年的历史，都是艺术的精品，从人体比例、人物神态、雕刻技术都令人叹为观止。卢浮宫每一件展品都是世界文物和艺术珍品。当然，最为世人瞩目的还是维纳斯和胜利女神。说它们是众多雕像桂冠上的明珠并不过分。那种残缺的美，留给人们无限的想象，因此，在这里流连的人也就最多。有游人，还有学生在这里写生。雕像旁没有座椅，

卢浮宫内

他们就席地而坐，靠在墙边，画板放在腿上，凝神地画着。我很为这几个学生而感到幸运。他们刚介入绘画，就能目睹到世界顶级的艺术。就在此时，有几个残疾人，年龄在四五十岁的妇女，坐着轮椅来到维纳斯雕像前，观看一周之后，逐一与维纳斯合影。其他参观者主动为他们让开画面。这是感人的一幕。我想，这代表着她们的追求和自信。我也不失时机地拍下了这个动人的画面。

德农厅里还有一件珍宝，那就是世界著名的意大利画家达·芬奇的名画《蒙娜利莎》。在大厅里，尤其是与众多的巨幅画像相比，《蒙娜利莎》的画面真是小得可怜。但在这里参观的人最多，人们都愿意在这幅充满神秘微笑的画像前多看上一些时间。工作人员不得不用绳子拦住。与其他展

凡尔赛宫前路易十四塑像

厅里相比，这里看管拍照的人最多，也最严厉。有拍照的，工作人员会抽出胶卷，尽管不用闪光灯。

巴黎的夜晚，也非常迷人，所有建筑和大桥上都装饰着不同的灯光。最醒目的依然是埃菲尔铁塔，每到正点，使金光闪烁，变幻着耀眼的光芒。乘着游船在塞纳河上航行，奥塞博物馆、圣日尔曼、巴黎圣母院、市政厅、卢浮宫、自由女神像一一出现在视线中。扩音器里不时传出解说员用四种不同语言的交替解说。为了视听的真切，我爬到游船的上部，任凉风吹拂着。夜色中望着这个古老的城市，你能感觉到塞纳河的伟大，它是巴黎的动脉，为这个城市带来了活力和灵感。景物与倒影连在一起，你仿佛觉得，是在艺术的大海中航行。

巴黎广场

里昂问路

到法国里昂的时间略早一些，有两个多小时可以自由活动。有人喜欢购物，而我选择了去看教堂。虽然已是下午，我目测了一下距离，时间应该来得及，跟同行做了交代，18点准时集合，便直奔教堂而去。

里昂是个工业城市，有着美丽的传说。它有两条宽而深的河。一条叫隆，是个男子；另一条叫索恩，是个女子。里昂就是这两条河生的孩子。城市因河而生并不少见，只是里昂多了不少传奇。站在河的大桥上，可以看到岸边的里昂历史博物馆以及其他老式的建筑。在欧洲，教堂是城市文化的一部分。城市最高的建筑是教堂。里昂更为特殊，教堂建在了弗尔威尔山丘上，整个城市都能看到高高耸立着的白色哥特式建筑。

山丘不很高。我在山脚下向一位法国男子问了上山的路，便开始登山。山路不是台阶，而是柏油铺就的路，坡度较大，可以走汽车。山路迂回，教堂明明在头顶上，却朝着另外的方向前行，真是南辕北辙。时间不长，我已来到半山腰，走得急，出了一身的汗水，向下已看到了城市的全貌。我举起照相机，站在路边一矮墙上，随手拍几张照片。

正拍得入神，忽听得有人在喊我。我以为犯了什么忌讳，回头一看，原来是个男子。他站在一旁问 :“在拍照？”

我说 :“是的。”

他指了指山上的教堂说 :“照全景最好到山顶上。”

我说 :“是要到山上，路怎样走？”

他说了一遍。我是听不懂的。他又比画了一下，我还是看了个大概。最后我明白，他要带我一块儿到教堂去。我当然高兴能跟他同行。一路上，他问我干什么工作？我说是专门照相的。我问起他。他也不是本地人，是到这里出差。

在他的引领下，我没走弯路，很快就登上了山顶。我在平台上拍了几张城市的全景。

那位朋友说 :“他就住在市区那个最高的酒店里。”

我点点头，然后对他说 :“要到弗尔威尔教堂里面。”问他，他不去，便跟他再见，并表示感谢。

教堂很高大，里面有许多古老的雕像和画像。我在教堂里走了一圈，在排椅中选了个座位坐下来，仰头看着教堂。顶部是圆的，上面画着油画，更显出了建筑的高和空旷，使人产生仰望苍穹的感觉。这可能是设计建造者想要达到的视觉效果。

就在我站起来离开座位之际，教堂的神父走了过来。他微笑着对我说 :“你是教徒。”

我说 :“不是，只是对教堂的艺术比较感兴趣。”

他很高兴，引领我到教堂边的一个小桌前，指指上面写着的中文字“爱心”。

我说 :“是，人是要有爱心。”

他高兴地与我在教堂里一块儿走。我问教堂两侧的小门是做忏悔用的？

里昂街景

里昂沿河建筑

他说："对。"

我问："可以打开看看吗？"

他打开了门。

我问："我可以坐在里面吗？"

他说："不能。是神父坐在里面。教徒要从旁边的台阶上去，在小窗的外面向我忏悔。"

我明白了，谢了他，还想问他别的。

他说："马上要正点了，教堂的钟声要敲响，要去忙……"

我为了赶钟点儿，也匆匆走出教堂。

天色已暗。整个城市亮起了灯光。我又拍了几张城市夜景，便往山下赶路。谁知路很曲折，绕了两个弯儿就觉出了不对。有几个女孩子坐在路边。随口问了一句下山的路。她们指了指，两边都可以下。我也没细分，见路就走。

又走了几分钟，天已经黑了下来。此时，离我们集合的时间很近了。我觉出此路不是上山的路，万一走差，会耽误时间。路上没有行人。怎么办？我在四处找人，正好前边有一个法国黑人，正要进路旁的一间小屋。我急切地叫住他。怎么说呢？我忽然想起，上山时防止迷路，带了一张饭店的名片，急忙掏出，指着上面的地址，问他饭店怎么走？

跟他连说带比画，还是不能交流明白。他也着急，带我往前走了几步，正好看到一个女学生。他指着名片上的地址问她。我估计，他可能会法语而不懂英文。他们之间做了交流。问明白后，他转过身，指着名片上的地址一遍遍地问："是这儿吗？"

我明白了之后，坚决地点点头。

他不说话了，拉上我，大踏步地向前走，很坚定。我也没有迟疑，紧随其后。

时间很紧了。

路确实不是上山的路，向前走了一段后，就是一溜下山的台阶，走了很长一段时间。终于见到了山脚下的街市。又走了几步，我看到了来时的商店。悬着的心才放了下来。我对那个法国黑人点点头。他也很得意地笑了笑，继续大踏步地向前走。

在十字路口，我叫住他。他看着我，问我干什么？

我说："这是我的拐弯处。"

他一笑，继续大踏步地向前走去。

我说："谢谢。"

他只是一挥手，脚都没停，依旧前行，好像什么事也没有发生一样。

我的心里却怀着深深的感激之情。

我得到的不仅是时间，还有人与人之间的信任。

里昂大教堂

法国购物

我们的购物相当于穿过式，过去了就不再回来。所以看好的东西就要当机立断。但是国度的不同，习惯的差异，对某类物品的熟悉程度，都会影响你的购买。

听别人讲，在西欧的商店里购物，不能讲价。为了证实，我特意做了验证。

法国街旁的商店少有大型，中小型居多。我无意走进一个小店，里面卖的是生活日用商品。我在陶瓷做的熏香炉前停了下来，看它从做工到色彩很有欧洲风格，价格又不贵，便选了几个拿到交款台打包。我看服务员拿出了一摞白纸，一个个地包，便跟她说：能不能降点价。

她说："不成。"

我心有不甘说："我买了好几个，应该要有一些优惠。"

她还是说不成。包装的手也停了下来。

我说："你继续包，能不能把最后几毛钱的零钱抹掉。"

她还是说："不成。"

看来确实不能讲价。我交了钱，对她一笑。她明白我的意思，也笑了。

来欧洲之前，我总想买幅画。有人说，这里的油画很好，在路边，比较便宜就能买到，我在路上行走，一直注意着。然而，这样的机会并不多。法国的里昂是个工业城市，街上有一些买画的商店。这样的商店下班要略早一些，在黄昏之际，竟然没有找到开着门的商店。庆幸有一家很小的商店里面只有几幅画，大部分是工艺品。材料有木制、铁制等等。我走进商店，在一个小展台上看到了几件陶制品。一只陶牛吸引住我的目光。我看出陶牛是手工制成。犄角、眼睛和身上那一块块的色彩，都是手工粘上去的，每一只都是唯一。我立刻决定买下来。前面有两三个人在交款，我只好等待。

巧得很，真是英雄所见略同。前面一个法国妇女也买了一个同样的陶牛。色彩是黑白两色的。我有些羡慕，对那个妇女说：您的这只真漂亮。

她很高兴。

我问售货员，还有没有相同的？

没有。

我又对那位妇女说："能换一下吗？"

她说："不能。"接着又说："你的那只黄白色的也很漂亮呀！"

我对她的赞美表示感谢。

我不知道这天是什么日子，前几个法国人为什么到这里购买艺术品。他们都是用了塑料的彩色花色纸来包装，最后又用一条彩带系好，显得庄重、大方、典雅。我为能有与法国普通市民相同的眼光而感到荣幸。轮到我交款，售货员问我是不是也要用那种庄重的包装。我想了想，是自己用，且还要打开，包装没用。又一想，马上改口说："要是不加钱就包吧！"售货员看不明白。我就变换一个手示，指着机打出来的价签说："就是这个价钱。"她明白了，用了一张普通的白纸包上了那个陶牛，装在一个纸提袋

画像

协合广场人体塑像

里。袋的提梁也是纸搓成的，很质朴。法国也是欧洲的大国，却还根据用途选用不同的包装，既适用又节俭。

感受更深的是人的热情。天色已晚，细雨蒙蒙。圣诞节还有三四个星期，尼斯这个城市的广场已装扮起来。摊位相连，各种物品摆满了广场。娱乐设施上的彩灯闪耀。我在一个卖烤全猪的摊位前停了下来。牌子写着价钱，8 欧元 1 斤。1 斤能称多少，心中没数，便问摊主。摊主是个中年男子。他马上切了两块烤肉放在餐盒里。我说："不好意思，现在还没决定买，要问一下同行的其他人。"他点了一下头，收回了烤肉。

当我第二次出现在他面前时，他依然很高兴。我让他称 10 欧元的。他刚要动刀。我说："要瘦的。"他用刀指着烤猪的不同位置，征求我的意思。我认为可以后，他切下两块，问我要不要饭或面包。这时我才明白，当地人在这里吃风味餐，便说："只要肉，而且要切碎。"他切下一条肉，然后用叉子叉住，再用小刀一刀刀地割碎，很是费劲。他把切碎的肉放在餐盒里递给我。我说："不在这里吃，要拿走。"又指了指天上在下雨。他明白了，到后边，很快拿出一个口袋，又用一个餐盒装上辣酱和番茄酱，与烤肉的餐盒一块儿装进去，递给我。我向他道了感谢，挥手跟他再见。他也笑着挥挥手。

非常有趣的是，这些交流，大部分是用非语言的方式交流的。不论是手势还是眼神，我想人与人之间的心灵相通，就可能跨越语言的障碍。

西欧的司机

史太凡是德国司机。这样称呼，是他名字的发音接近；生硬，是我们随口起的，反正他也听不懂，方便。几乎每个白天，我们都与他在一起度过。记得刚上车时，我们还在兴奋之中，无拘无束，不仅说话声音很大，甚至还在车上走动。史太凡从后视镜里看到立刻说："不要走！"他严肃的神情使我们感觉到了他的存在。他是我们的一员，要负责行车的安全，包括车内。

他坐在最前方。我每天看着他的侧面和背影，可以用充裕的时间观察他。他圆圆的头，发稀且短，胡须不怎么剃，很少讲话，总是看着前方，做着自己的工作，必要时才与旁边的翻译说一两句话。

一次，我想与他套套近乎，对他讲："从侧面看，你有点儿像列宁。"

他问："是那个与斯大林同一国家的吗？"

我说："是。"

他笑了。

这很出我的意外。几天来，我以为他不会笑。他现在跟我对话，而且居然笑了，看来心情不错。我放松了心，顺着说了下去，你还有点儿像犹太人。

他突然沉下脸说："先生，你说话要注意了！"

这令我很吃惊，真没想到，他这个年轻人会对这句话如此反感，以致变脸。我不再好问为什么。此后，我便不与他说话，只看他的车技。

他的技术很好。汽车又快又稳地行驶在欧洲的公路上。国与国之间只在路边有个碑界或标牌。看着路边的景色，不经意间，已经跨出了国界，到了另一个国家。公路很顺畅。路面不很宽。宽的也就是上下 6 车道。每条车道上都标着最高限速，快道 110 公里，慢道 90 公里。公路上，车辆很多，大车小车都有，车与车之间的距离保持得非常好。每辆都遵守着限速，不欠速，也不超速，按规定行驶。

我们的车是中型面包。奔驰，在欧洲应该不算差，史太凡开起来，从不超速，多好的路况也是那个速度。在正常情况下，他总在行车道上行驶，如果超车，也是在超车道上只走一会儿，超过后，立即并回行车道，不管后面有无车辆。一路上，几乎所有的车辆都如此。但有一样儿，在市区的公路上，他的车速也不很慢。这与城市人遵守交通规则有关。

我们在路上也遇到过事故，造成交通堵塞。不管有几条车道，每条车道上的车辆都在本车道排队，启动后，即使旁边的车道有空当儿，也决不加塞儿挤道。这样，所有车的速度很快都能提起，顺畅地解脱。还有，汽车的大灯不一定要等到天黑才开。白天，只要天阴光暗就开车灯。这是为了醒目，出于行车安全。

欧洲的司机在行车时间上有严格的规定。4 小时之内必须休息一次。一天行车 8 小时，最多不能超过 9 小时。有一次赶路，我们与司机在休息时间上发生了小的分歧。史太凡特意从汽车上取出行车记录光盘让我们看，在证明：司机的一切行动都是有记录的，有人监管，不能违规操作。所以，欧洲高速公路旁，有不少停车休息的场所，可以吃饭、购物、饮水、去卫生间等，为司机、过客提供方便。

一般来说，用餐的地方不很大，而很多时候找不到史太凡的身影。可能他对这些地方熟悉，每次停车吃饭休息，他总是独自走到一边，从不与我们共餐。每一店的用餐不尽相同。有西式的，也有中式的；有自助式的正餐，也有麦当劳式的快餐。我们有时或因多买或因口味不习惯而剩下，避免浪费，让翻译送给史太凡。第一次我想，史太凡会吃吗？结果，他还是吃了。这让我丰富了对德国人的认识。直到后来，我才发现，中午，他很少大吃，只是买点儿简单的食品或快餐，有时还随口吃点儿零食。在车上，偶尔也能发现他往嘴里扔点儿什么吃的。他对于吃，不很当回事。他的这种吃法，甚至让我觉得他像个大孩子。

别看小看这些停车休息的场所，建造得都很别致，风格迥异。结构上有尖顶，也有方顶。颜色上有红色调，也有黄色调，总之都是明快的色彩。就连最急需的厕所，风格也各有不同。有的修在建筑里面，也有单独建在外面。有一处厕所给我留下很深的印象，它完全是用石子磊成的，真是很有创意。每个场所严格说来，都是一个商场或是超市。里面的商品很齐全。食品、百

路上鹅卵石公厕

路边休息站

货，有的还备有图书、工艺品，只要是旅途当中用到的，基本都能买到。

一般，这种休息的场所还兼有加油站。加油机旁空空荡荡，要加油，司机自己动手。一次，我看到史太凡站在加油机旁，拿出卡，插到加油机里自己加油。这种情景在其他的地方也如此，停车、过路要由司机自己刷卡交费，然后才能使用、通行，都是无人化管理。

欧洲之大，史太凡也有不熟悉的地方。在一次长途路上休息时，他给汽车安上了 GPS 卫星定位系统。车上的人无事，都对此物来了兴趣。不管车怎样行走，电脑总能计算出一条到达目的地的最佳路线，提示你的行车。屏幕上显现为一条蓝色的道路。随着车子的曲折前行，蓝色道路也会显现出曲折，也会把车窗外的山丘、河流、树林、岔路实时显示出来，即使在城市的立交桥上，屏幕也能显示出盘旋的路面。路不熟悉的人照此提示行走，没错。就算不小心走错路，电脑还会重新计算出新的行走路线，只是多走点儿弯路，却尽可放心。

同舟共济。几天的生活，我们彼此还是有了一定的了解和友情。每天早上，他总是率先站到车上，把行里接过，搬到车上，码放整齐；晚上，收车时，再卸车。他从无任何异样的表情，好像完全是分内的事。随着行程的增加，行里也越来越重，后来，我们看他有些吃力，有意把行里尽量举得高些，或直接搬上车，省他一些力气。他流露出了感谢的表情。

摩纳哥的海湾港口，停泊着许多游艇。在欧洲，汽车说明不了什么，游艇才是富有的标致。温暖湿润的海风给史太凡带来了好心情。他边开车边看了一眼大海中的游艇，笑着跟翻译说了一句话。看到他笑，我马上问翻译。原来他在说："那条白色的游艇是我的。"开始，我们信以为真，过后才反应过来，他在开玩笑，准确地说，是幽默。史太凡变了。

史太凡与我们的沟通多起来。他说话很直率，问什么就答什么，没有不好意思。他 31 岁，结婚之前处过多少个女朋友，一时记不准确，大约

15 至 20 个。妻子 18 岁与史太凡结了婚，生有两个孩子，现在一直料理家务。问他今后妻子怎么办？他说："等孩子再大一些，准备先到学校学习，再找工作。"他的家庭每月就以他的近 2000 欧元维系。孩子上学和妻子在家都还能有一些贴补。大至如此。

史太凡的性格和认真负责的工作态度给我们留下了很深的印象。行将分手之际，我问他下一步的行程，是在罗马待几天，还是回公司？

他说："直接回迪伦市，在家待几天，看看妻子和孩子，然后再回公司报到。"

噢，原来他是小城迪伦市人，还是个很有责任感的丈夫。

路上休息

▪ 欧洲的导游

在欧洲，我接触最多的是导游。每天，我们吃住行都在一起，几乎形影不离。在车上，他坐在副驾驶的位置上，为司机领路，还为我们做一些讲解。他偶尔说一点儿半荤不荤的笑话调剂气氛，这似乎是一般导游必备的业务。不同的是，他更爱说自己的观点，对社会做一些评论。比如说到历史上全球的殖民地，法国纵向发展，英国则横向发展。所以我又感觉他不像个纯粹的导游。刚到时，他除了说一些简单的注意事项，如过马路要遵守交通规则，不要随地吐痰之类后，就开始进入了他喜欢说的话题。

欧洲如果简单按南北划分，那么南北欧人各有特征。北欧人的头发黄，南欧人的头发黑。欧洲人的很多特征与气候相关。从北到南，气候由冷到热。因为冷，北欧人鼻子长，可以缓解冷空气；南欧人的鼻子就短了一些。性格也随之而变，由静到动，由严谨到宽松，由冷静到热情，由理性到浪漫，由刻板到灵活。德国女郎的典雅、法国女郎的浪漫、西班牙女郎的热情，可能就有这方面的原因。北欧人如果说好的事，比如参加婚礼，哪怕是半年前，也要记在本子上，准时参加。而南欧人如果遇到比此事更好的事，就会另有

远望摩纳哥

选择。德国人就有北欧人的特点。而到了意大利、西班牙，南欧人的特点则很明显。都说欧洲人过马路非常遵守交通规则，不尽然。德国人中规中矩，即使马路上空空荡荡。而到了法国开始有了松动，在意大利就更灵活一些。

在车上，导游坐在我的前方。我很愿意与他聊天。很多话题是随机性的。比如行车路上，看到风车发电，就会谈到节约能源问题。别小看这样一个风车，会很好地解决附近的用电问题。看到路上国别的路牌，就会说到欧洲有那样多大大小小的国家，而现在正在渐渐走向一体化。他对诸如此类的社会问题，很愿意发表观点。

德国很讲究聚会，在很多地方都能见到。圣诞前的晚上，广场上每天都聚集很多人，三五个站到一起聊天，在寒冷的冬夜，仍有兴致，手中各持一杯红葡萄酒，此外，别无他物。导游说 :“家庭聚会虽然无需许多菜肴，也要精心准备。”德国人认为：“一个好的聚会，要有好的话题，好的酒，漂亮女人。失去一样，便失去了很多色彩。”

随着话题的增多，我们对他的经历有了基本的了解。他姓陈，是华人，有德国籍，身体略胖，戴着眼镜。从外貌上看，他既有生活的疲惫，也有人生的沧桑。改革开放之后，他大学毕业于西安的外语大学，之后来到德国。十几年了，他已经对欧洲有了很深入的了解。从某种意义上说，他算是个成功的人。说他成功，是有标准的。在德国的华人中，他是唯一加入了德国社会民主党的人。这样的评价不带有什么政治因素，而是说，在国外，入外国籍相对容易，有一定的硬件条件，再加上时间就可能办到。困难在于，你是否能融入这个国家的主流社会。他对我们讲，有的国家有不同人种的区域，即使不在这种区域居住，如果没有相关人的交流，也不算真正进入这个国家。假设，周围的人都是自己本国的人，那与在本国没有差异。有不少人就是因为这一点又回归本土。

他愿意探讨问题。我们在欧洲期间，正赶上德国的女总理上任。他做了不少的评论。我们跟他开玩笑说：“你是党员，当然有竞选的资格，将来有那么一天你能竞选总理，我们从心里也会投你一票。这可是中国人的骄傲。”他只是微微一笑。

就是在这一点上看得出，他很得意。他直率，有问就答。他说：“不论你用政治、足球还是女人，都可以作为突破口，来融入这个社会。”刚到德国时，眼前的一切令他的思想产生了巨大变化，在完全不同的国度里，他觉得以前失去的太多了，应该补回来。年龄也比较大了，在稳定了工作之后，就开始交朋友，有法国女郎、西班牙女郎。但是，他觉得，一旦共同生活，那种文化上的差异就显现出来。接踵而至的是性格的差异，习惯的不同。在国外，交朋友可以，但结婚生子一定要慎重，有两个以上的孩子，一旦离婚，会让一个男人破产，即使是怀孕后分手，也要交很多的抚养费。

目的是规范人的行为，强化对妇女儿童的保护。

后来，他还是找了一个东北姑娘结了婚。不知为什么，他把婚礼搞得非常隆重。他的婚礼是在教堂举行的。相互向对方宣誓，不论是富有还是贫穷，愿与对方厮守一生。之后，找的是中式饭店。他叫来很多朋友，热热闹闹地玩了一个晚上。下决心完婚，采取了这样的方式，有他对人生的思考。不论怎样，在他潜意识里，中西文化有相融之处。

他在德国的生活不算差，起码要高于身旁的德国司机。他的私人汽车是“宝马”。接触中似乎感到，他不是专职导游，有点儿“打工”的性质，兼职做这方面的工作。至于还有什么职业，也看不出来。不过可以推算，每年来欧洲的中国人有40多万。可见这一行业的市场还是很好的，现在做专职没有问题。

原以为，他送完我们之后，再接一个团回去。经确定，不是，他是只身返回，到家休息几天后，再去接团。看来，工作安排没那样紧凑。人也要得到充分休息。

比萨斜塔

凡尔赛宫

▪ 西欧遇窃

很早就听到过这样的警告：“在法国和意大利一定要把钱物带好，最好有一个背包斜背着，常有明偷明抢的。”有经验的人也曾带着鄙夷的神情说，在欧洲，一看到斜背背包的人，就是中国人。这让我的心理矛盾了许多。

为了轻便，我没有背包。为了需要，我背了摄影包。摄影包没有斜背。或许一眼就可看出包的功能，或许我们一行人行影不离，是个整体。欧洲的几天下来，一直没有遇到或看到那种情景。

到达罗马，已是下午了。我知道罗马是欧洲的文化圣地，很想急切地走进罗马古城。越急，越慢。别的宾馆都是一个团只查一人的证件、护照，而这个宾馆大堂的工作人员很认真，一个人一个人地查对，然后再安排好我们的住房。时间用去了几十分钟。冬季，天短。我们把行里放好，出宾馆门的时候，已经接近黄昏。晚霞在天边，呈现出一片粉红和橘黄。天空中有无数只小鸟，一群群地盘旋飞翔。我不明白这里的霞光为何这样亮丽，急忙拿出照相机拍下这些景象。此时，正是上下班的时候，街上的车辆很多。行人匆匆。商店似乎也迎来了客流的高峰。

罗马斗兽场夜色

古罗马的辉煌

当我们到了威尼斯广场的时候，天色已经暗下来。拍下几张照片，就直奔斗兽场。街道两旁古罗马的废墟上已经亮起了灯。当年华丽的埃米利亚殿堂、雄伟的马森齐奥殿堂、高大的蒂奥斯库雷神庙等众多的神庙和殿堂已经不复存在。只有在黄色灯光照耀下，古罗马城的石块、石柱斑驳出了那个时代的影子，辉映出了古罗马文化的辉煌。尤其是那残缺的斗兽场，更是那个时代文化的写照。不仅如此，古罗马城的意义还在于，它开创了欧洲城市建筑的格局：市政厅，广场，大剧院，教堂。

天已经黑了，我们还是准备继续乘车去参观万神殿和西班牙广场。导游不认识站牌，几次向进站公交车司机问路。我们终于上了车。车上没有售票员，只有读卡机。导游对司机说了几句话。司机点了点头。后来才知，他是在说，因为急着赶路，没有买车票。

古罗马的文化深深吸引了我。我们对照出行的路线，又对照当地的地图，发觉有几个地方还没有去，便连夜与导游协商。我们说了一些好话，并用文字高度评价了他的工作。他很高兴地接受了我们的要求，并设计好了行走路线。

第二天一早，他很快领我们出发了。先到临近的一个商店里买了车票，1 欧元一张，然后带我们上地铁。在入站口，先把车票放到读卡机里验票，同时也记录下了上车的时间。因为，这张车票在 90 分钟内，可以乘坐任何一辆公交车或地铁，之后作废。这种办法有它的合理和方便之处。

罗马的地铁站比较陈旧。站台简单，没有什么装饰，平淡得很。列车也无豪华可言。只是正值清晨，车站里站满了上班的人。我们一行人相互招呼着，从一个车门上了车。车上的人或是等着到站，或是在想着事，路途长的还打起了瞌睡。我不失时机地抓拍下了罗马上班族的景象。出了地铁，我们随着导游匆匆参观了许愿泉、纳沃那广场等罗马古代的杰作，为这些独特的建筑和精湛的雕塑而感叹。

古罗马深厚的文化，使我们用的时间超过了 90 分钟。时间紧，要赶路，导游只好又买了车票。我们再下地铁，往回赶路。车站里的人自然比上班时少多了。但我感到列车似乎比早晨时还挤。上车后，一个 30 多岁男子的手抓在扶手上，胳臂挡在我的脸前。我一直觉得很别扭，费了不少力气才把身体转过来，脸前才有了空间。我一手扶摄影包带，一手随意放着，平静地等待，到站下车。

就在这时，我不知怎的，完全是一种下意识，那只闲放的手忽然向下一摸裤兜儿，接下来就是一抓。啊，一只手正在我的裤兜儿里。我攥住了那只手，看着旁边的那个男子。他不好意思地笑了。我们相视着。我看出了他内心的胆怯和羞涩。他的手想慢慢往回抽……

渐渐，我还是撒开了那只手。我想，是我鼓鼓的裤兜儿吸引了他。我还了他一笑，从裤兜儿里掏出了那个鼓鼓的东西——一叠餐巾纸，递向他的面前。他摇了摇头。我再次给他。他又是摇头，也拿出了一张纸，意思是在说，有。当我第三次递到他面前的时候，他的头低下了。

这时，列车已经到站。我下了列车。他也在此站下车，回头看了我一眼。我走向前，拍了一下他的肩膀，伸出了食指和中指，拨动了几下，然后又伸出了大拇指。他不好意思地摇摇头，脸红了。

意大利罗马威尼斯广场